Que Dios se equivoque

FELIPE FERNÁNDEZ DEL PASO

Que Dios se equivoque

 Planeta

Diseño de portada: Alejandra Ruiz Esparza Fernández
Fotografía de portada: © Shutterstock

© 2012, Felipe Fernández del Paso

© 2012, Editorial Planeta Mexicana, S.A. de C.V.
Bajo el sello editorial PLANETA M.R.
Avenida Presidente Masarik núm. 111, 2o. piso
Colonia Chapultepec Morales
C.P. 11570 México, D.F.
www.editorialplaneta.com.mx

Primera edición: noviembre de 2012
ISBN: 978-607-07-1424-5

Esta obra hace referencia a personas reales, acontecimientos, documentos,
lugares, organizaciones y empresas cuyos nombres han sido utilizados
solamente para darle sentido de autenticidad y son usados dentro del mundo
de la ficción. Algunos personajes, situaciones y diálogos han sido creados por
la imaginación del autor y no deben ser interpretados como verdaderos.

Impreso en los talleres de Litográfica Ingramex, S.A. de C.V.
Centeno núm. 162, colonia Granjas Esmeralda, México, D.F.
Impreso y hecho en México – *Printed and made in Mexico*

The world is a stage;
the stage is a world of entertainment!
Howard Dietz, Arthur Schwartz

Dijo Dios: "Haya luz"
y se prendió un seguidor.
Génesis

I

Mujer divina,
Mulier Dramatis
(del latín *Mollior,*
aunque de suave
no tengan nada)

Que Dios se equivoque y me perdone por lo que estoy a punto de contarles…

Unas hábiles manos anudan un crespón. En la sala se escucha un réquiem. Notas sobrias y terciopelo conforman la urdimbre del telón de esta historia: una historia de sangre, amor, disciplina, rodillas cansadas, agrietadas, pero sobre todo usadas, en el sentido bíblico y en el ortopédico. Rodillas que se postraron en oraciones, en plegarias, en súplicas, en rezos, parlamentos que flotaron sobre el terreno más fértil que ha dado la imaginación: la actuación.

El aplauso es ensordecedor. Las luces, cegadoras. La música va in crescendo como fanfarria a una vida, al carisma y a la vitalidad de una mujer en la que se iluminaron todos los arcoíris, en cuya sonrisa debutaron los halagos más preciados. Por ella, por quien se inventó una miríada de adjetivos, aunque no siempre halagüeños.

Así, con lágrimas en los ojos, intentaré narrar lo que pasó. Ustedes comprenderán que lo que estoy a punto de relatar —y en cuanto empiece me darán la razón— no fue el acto de un criminal o un loco. Estoy convencido de que lo que sucedió no podía ocurrir ni en el peor designio de Dios. Un día una mujer tuvo un sueño, pero por razones ajenas a ella se convirtió en pesadilla.

Hablar de Maura es hablar de la sed del hombre por la belleza y su obcecación por la fama, pero sobre todo equivale a escarbar para desenterrar las más profundas obsesiones humanas. Nadie enseña cómo ser famoso. En Maura esta obsesión se volvió una religión, aunque su búsqueda fue condenada como un vicio sin virtud que la redimiera.

Su credo: diez mandamientos de vanidad, y entre ellos la búsqueda de la eterna juventud, común a nuestra especie en todos los tiempos, incluso más que otros apetitos humanos más elementales.

Al hablar de Maura no puedo ignorar la alegría y el esparcimiento que dio a miles que viven sumidos en la desesperanza y el abandono; que envejecen sin ilusiones, *sans a rêve*. Como decía: "Hay que aprenderse algunos nombres, decir una que otra palabra en francés". *Ok, ok,* trataré de evitar el francés. Aunque cuando le pregunté que por qué en francés se limitó a responder con ese sarcasmo que en ella era habitual: "No tienes que hacerlo. *Comme tu veux*". Ella nos enseñó todo lo que sabía, todo lo que era. Está bien, me enseñó. Intentaré igualmente evitar hablar en plural cuando me refiero a mí mismo. Esa desconcertante costumbre que irrita a muchos también la aprendí de ella, que hablaba de sí misma en primera persona del plural como si fuera muchas, como si detrás de ella hubiera un movimiento político postulándola, siempre en campaña, en promoción, pero siempre con fondos en el banco que la respaldaran. Nunca un cheque en blanco, una promesa hueca o una palabra vacía. Ella, tan mayestática, también hablaba de sí misma en tercera persona del singular como si estuviera ausente y alguien se refiriera a ella alabándola.

Además, inventaba el lenguaje, a la par que lo perfeccionaba, cuando este ya no le alcanzaba, cuando las emociones la desbordaban y no podía arrancarse a cantar una balada (que es lo que normalmente sucede en el cine o en el teatro cuando la princesa no puede más y explota en un canto).

De eso trata esta historia. De cómo Maura, cuando todos la creían muerta, acabada, extinta, volvió a aparecer por última vez en ese set de filmación que la había mantenido viva en su muerte clínica —diagnosticada por un medio artístico traidor que no acepta el envejecimiento—, dejando a sus detractores y rivales helados, estupefactos, paralizados al verla llegar a ese último rodaje que le permitió despedirse como la grande que era y no hecha mierda postrada en la soledad, recluida por humanos carroñeros que la obligaron a ese inexplicable y doloroso exilio anticipado producto de su instinto de contradicción. El coma profesional inducido por una muerte de titulares sin esquelas. Ella murió sola, espectacularmente sola, sin que un amigo gastara un quinto en condolencias mortuorias. Sola, abrazada por los encabezados de los periódicos.

La música de fondo vuelve a escucharse: las notas se secretean, se escurren, se van acumulando piano, piano

hasta llegar a un crescendo *para luego volver a su go-
teo, ahora más vigoroso.*

¿Cuántas noches habrá llorado sola y cuántas se levantó? Y todo apunta a que su secreto fue el germen
de su destrucción. Pero se salió con la suya. ¿Que cuál
era la suya? De eso se trata esta historia.

No estoy haciendo la apología de Maura Montes.
Ella adquirió su sabiduría siendo indulgente con sus
vicios. Y no me malinterpreten, no es que fuera una
invención del diablo, simplemente leyó sus libros. Su
belleza cautivaba a quien se le pusiera enfrente que,
eclipsado, volvía desechables los adjetivos empleados
para describirla.

Muy al principio se dio cuenta de que una actriz
no es más que materia prima y terreno fértil para el
adoctrinamiento, y se enfrentó a que continuamen-
te intentaran lavarle el cerebro pero logró distinguir
entre lo esencial y lo superfluo, lo fundamental y lo
periférico, aunque más tarde, como consecuencia de
una dislexia moral, se invirtieran los papeles. Sus do-
tes naturales la marcaron, pero también su voluntad
de aprender, su interés y su ambición. Fue el escenario donde convergieron Shakespeare, Chéjov y Molière, "el demonio en sangre humana", el índice de
los libros prohibidos, la soberbia y otros cinco peca-
dos capitales porque la gula la sustituyó por la ano-
rexia y la bulimia.

¿Que cómo sucedió eso? Para ser sincero, Maura
fue producto de una mente aguda rayana en lo criminal, invención del capitalismo y la Ilustración, del

triunfo del sinsentido, de la ciencia exacta de la ficción, la alquimia del laboratorio del teatro y la globalización de la idolatría. Algunos llegaron a pensar que era una abominación y que debía ser destruida, que se trataba de una moderna Frankenstein. Que había arruinado su belleza al amparo de un bisturí caprichoso. Pero todos hemos pasado por él, o quién ha salido ileso de la faena que se libra a sol y sombra, diseccionado por el inquisidor que nos somete al juicio en el que somos acusados frente al espejo. La culpa es la enfermedad del juicio, y el bisturí, la sentencia.

En fin, es un honor para mí presentarles a una de las mentes más lúcidas que ha habitado uno de los cuerpos más perfectos y sofisticados del planeta Tierra. Pronto descubrirán qué trampas nos tiende el poder supremo, llámenlo Dios o como quieran. Permítanme correr el telón para que conozcan a una grande. Con ustedes…

2

Brayan Beltrán,
mea culpa

Pero antes déjenme presentarme, y la única razón por la que vale la pena hacerlo es porque yo fui parte de ella. Muy pronto será revelado, de no ser que la vista cansada o la güeva lo impidan, si tengo alguna importancia en la historia. Soy Brayan, y soy la antítesis del asistente porque ni soy gordo ni estoy feo. Mi refinamiento no cae en amaneramientos y sin embargo soy el compañero ideal: cuchareo si es necesario, soy una percha inigualable, y aunque todo me queda, de pobre no tengo nada, ni el cuerpo. Te hablo varios idiomas, te coordino, te distingo entre varias uvas, pero eso sí, no te como lácteos y siempre caigo parado. Me tocó el cambio de baraja. Empecé a escribir *e-mails* en lugar de cartas y el cambio climático ocupó un lugar en la estantería de mi vocabulario al lado de palabras como "bochorno" y "arruga", que aunque las conocía no podía pronunciarlas en presencia de *Madame*.

Soy muy ágil en Twitter, aunque igualmente letal, tal vez adicto. Ese manicomio que sostengo en mis manos con las ansias con las que un corazón jodido se aferra a un marcapasos, me esclavizó sometiendo mi voluntad a una realidad fingida en 140 caracteres.

A vivir intensamente bajo la lupa de los medios que atosigaban a las estrellas para las que trabajé, se sumó mi sometimiento al escrutinio de un sistema binario; maniqueísmo cibernético por demás despiadado. Y aunque ajeno por derecho propio al reflector de los medios, me desenvolví a mis anchas en las pantallas de cristal líquido.

Aprendí a vivir bajo la máxima de "Si no quieres que se sepa, no lo tuitees", aunque estoy convencido de que las palabras de tus detractores van a dar al más moderno de los cementerios: el olvido en el *timeline* —la inmediatez de la información como única soberana—, y que se necesitan miles de sabuesos cibernéticos para encontrar esas fosas comunes disfrazadas de tecnología. Pero para detener su efecto es necesario ignorar ese *pío pío pío* y no engancharse.

Me pregunto qué hubiera sido de Gaby Brimmer con un iPad y si Anna Frank hubiera escrito su diario de haber tenido Twitter. En Salem quemaban brujas y en Silicon Valley ya no quedan mujeres con escobas. Para la Iglesia católica los calderos ahora son *smartphones* y la pata de conejo una aplicación más de Apple. Aunque soy muy organizado me resisto a ser un *gadget* más y a convertir mi vida en una iCloud, y para algunas cosas sigo usando papel y lápiz. Soy de esa generación que reemplazó "quemar cartas" y "romper fotos" por "bloquear en Facebook y Twitter" y "reportar como *spam*". Dejé Facebook por Twitter y estoy a dos de cerrar mi cuenta. Cuando me enteré de que a la bola de acero soldada a los grilletes de los esclavos negros del sur de Estados Unidos le decían *blackberry* cambié a iPhone. A Pepsi no tuve necesidad de cambiar porque siempre supe que eso que para muchos sigue siendo un defecto de fabricación para mí es condición *sine qua non*, pero ni soy sodomita ni gomorrita, si acaso soy una estatua de sal... y pimienta.

Voy a ser un hereje mientras que para la Iglesia católica la homosexualidad no sea pecado, pero los actos homosexuales sí lo sean, y ya que tuvo la bondad de conceder el alma a los indios hace no más de quinientos años, abolir la esclavitud no menos de cien, desaparecer el limbo en fechas recientes, proclamar la frialdad del infierno, satanizar el yoga y a Harry Potter, quemar brujas y herejes, tengo la esperanza de que a las mujeres les quiten su calidad de segunda clase, ya que "debiera haber obispas" para que alguien limpie esa Iglesia que es un asco, porque como monjas han demostrado que son pésimas para el aseo aunque buenas para hacer rompope y galletitas. Voto por que a los animales se les reconozca un alma y se prohíba su exterminio; por que la Iglesia admita su participación en las purgas raciales y las guerras santas, y que permitan y promuevan el uso del condón y la libertad de las mujeres para decidir sobre su cuerpo. Que así como admitieron la existencia de "hermanos extraterrestres", reconozcan que sus filas están plagadas de criminales de cuello blanco por más alzacuellos que lleven, y de pederastas a quienes deben castigar y no mover en el tablero de su ajedrez para evitar el jaque. Y que también están llenas de homosexuales y lesbianas, quienes si tuvieran libertad de manifestar sus preferencias sexuales y fornicar a su antojo —nada con exceso, todo con medida— santificarían las fiestas con mayor devoción. Que acepten además que sus vestidos están pasadísimos de moda y que les urge un *fashion emergency*. Me ofrezco para organizar un *Fashion Week* Vaticano, RSVP. ¿No se verían divinos con trajes sastre y faldas cortas como *kilts* escocesas y los seminaristas de minifalda subiéndose los dobladillos como colegialas calenturientas? Estoy seguro de que con esa medida, y si enseñaran pierna, la Iglesia católica ganaría adeptos. Me han contado que la Ciudad del Vaticano cuenta con muchos gimnasios y que a veces las penitencias las practican en las caminadoras, muy penitentes, muy la Villa, muy raspadas las rodillas, pero privilegiando la tecnología. ¿Cuándo santificarán el iPad? ¿Y las misas por Skype, padrecito?

Atesoro todos los libros que me leyó Maura, pero cómo disfruto ese calendario de gondoleros que me trajo de un viaje al Festival de Venecia, y otro que yo mismo compré años mas tarde afuera del Vaticano, ese de los sacerdotes más guapos y al que he dedicado varias pajas por la señal de la santa cruz. Pero basta de presentaciones.

A Maura —una joven de la ciudad— y a mí —un chico de provincia— nos identificó la sed de comernos el mundo. Nada de lo que aprendimos en la escuela nos pareció relevante y juntos empezamos una

revolución. Yo era más el catecismo y ella más la Ilía-
da —la Biblia y la mitología griega, una al lado de
la otra en la estantería de los mitos. Yo la semilla y
ella la comecuras; el adoctrinamiento y la jacobina.

3

La gata sobre el tejado caliente,
o una proposición falsa
para todos los valores de verdad

Esa mañana Maura Montes despertó cansada. El cielo gris de su habitación había espantado los pocos rayos de sol que hubieran podido colarse por la ventana. Llevaba durmiendo cuatro, cinco o tal vez más días sentada, apuntalada por los almohadones rellenos de plumas de su cama, espantando sin tregua el sueño que la acabó venciendo cada noche junto al teléfono, aguardando la llamada.

Estaba convencida de que sonaría. Aunque se sentía acompañada se hallaba más sola que nunca. Los latidos de su corazón se podían escuchar en toda la casa. Todavía no la llamaban y ya llevaba días levantándose al alba y despertando a las criadas de su casa antes de que el día la sorprendiera sin su cara. Había vuelto a animarse, se había parado otra vez frente a los espejos de su *boudoir* que mandó descubrir, esos que la habían vencido, doblegado, los que acusaron su deterioro y delataron su arrogancia. La audición para la película había salido impecable. El papel tenía que ser suyo. Su gran *comeback*.

Se inspeccionó frente al espejo. El *blush* y el polvo habían dejado de hacer efecto. Silvia, su peinadora, salió llorando, herida, de aquella misma habitación después de haber cumplido con ella sus bodas de plata. Muchos años de jalones de pelos, muchos de alaciados, y ahora crepés y tintes, hasta un día en que en un arranque de dolor y de furia maldijo a Dios y a santa Ágata al ver sus pechos, que le habían conseguido tanto, laxos, muertos, secos, vacíos, después de que le quitaron los implantes.

Ese día le arrebató el peine con el que la había peinado para recibir las miles de flores que se hicieron ramos para ella y se lo encajó en una mano, a lo que siguió un aullido que se confundió con la sirena de la ambulancia diligentemente llamada por Aurelia, su dama de compañía, quien solo era superada en años de servicio por la que en ese momento sangraba y quien con cada gota perdonaba a su atacante, tal vez por amor, por resignación o por ese temor reverencial que infundía en todos los que se cruzaban al paso de María Linares: la gran Maura Montes.

Una ceja y después la otra, ya escasas, ralas. Pese a haber sido la menos hábil en la clase de pintura se había convertido en una brillante copista: todos los días, incluidos los feriados (en ella no había fiesta que no se santificara), trazaba el rostro que los años y la luz de los teatros desdibujó.

La luz se recreaba en un juego infinito en los personajes que interpretaba: una luz se encendía y era Fedra; otra más y ahora Electra, Yocasta, Yerma, Cleopatra; en la penumbra más temida Virginia Woolf, más borracha que Blanche Dubois, más triste que Maggie la gata sobre el tejado caliente, hasta que las luces acabaron por ensombrecerla.

Maura era una mujer de pocas palabras fuera del escenario, aunque de grandes gestos sobre las tablas. El ceño fruncido había sido combatido con dosis industriales de bótox, que a diferencia de lo que le hace a la mayoría de las mujeres, a ella le había suavizado la expresión. Qué paradoja, la parálisis facial, muerte anunciada de los músculos, le había avivado la cara. Es verdad que cada vez se parecía más a Joan Rivers y a Cher, pero nunca a Jocelyn Wildenstein. Parece que ahora hasta el más mediocre cirujano plástico logra el parentesco más allá del ADN. Lejos quedaron aquellos años en los que la Del Río, la Félix, Garbo y Dietrich se libraron del bisturí, aunque eso trajera como consecuencia retiros anticipados, sobredosis calculadas y suicidios asistidos de egos incapaces de aliarse con el paso del tiempo.

Con ese trasiego de químicos por las carreteras de su cara, ese contrabando de gestos y una máscara en el límite de lo grotesco, se enfrentaba al mundo diariamente después de que su belleza le hubiera ganado que una botella de champaña se estrellara en el casco de un buque petrolero bautizado con su nombre por su benefactor. Qué paradoja, la belleza, ahora ficticia, era mucho más humana que la de antaño.

En esas estaba cuando su corazón empezó a latir con fuerza, abandonando el ritmo lento y cansado al que estaba acostumbrado. Cuando pensaba que lo que siempre temió había ocurrido: la despedida fuera de los escenarios en la intimidad de su cuarto y que un infarto marcaría el fin de sus días, el teléfono sonó. Ese teléfono que es el mensajero, o el arma mortal de la *Voz humana* de Cocteau, sonaba, una y otra vez, y Maura, parada frente al espejo, petrificada, no se atrevía a contestar.

Repasó en su mente las veces que repitió sobre el escenario el monólogo de Jean Cocteau y el dolor de sentir la cercanía de la muerte cada vez que lo interpretaba. Aunque frustrada y tal vez olvidada aún quería otra oportunidad, porque estaría loca pero no era ninguna vulgar suicida.

—*Allô, chéri!* —repetía los parlamentos del monólogo en su mente mientras el sonido del timbre del teléfono se perdía en el eco de su espejo.

El timbre volvió a sonar y esta vez Aurelia se apresuró a contestar.

—Señora Maura, le llaman.

4

Y cuando menos te lo esperas
alguien te grita el precio

Ella siempre se olió la tostada. Esa fotografía estudiada, la pose quieta y fingida de la familia Cordero barruntaba lo inminente. Brillaría por su ausencia. Nunca la incluirían, nunca la aceptarían ni la presumirían, jamás la harían sentirse parte de la familia y mucho menos la integrarían a ella. Julio Cordero, su prometido, en el fondo lo sabía y sin querer jugar con los sentimientos de María había hecho de su relación un *twister* de emociones en el que los dos estaban amarrados y trenzados en la posición más extraña, como un queso oaxaca, un amasijo de carne y hueso al que añadieron sentimientos de codependencia, esa razón por la que la mayoría de las parejas permanecen juntas. Pero ellos no. Julio Cordero y María Linares sabían que lo suyo era pasajero, los dos veían con claridad lo irremediable de sus diferencias. Y sin embargo continuaron con el *script*, con el *show*.

La función debía continuar y los preparativos para la "boda del año" entusiasmaban hasta a la contradictoria suegra, Minina, la mujer "más querida" de México, la cara dibujada por el gran Pitanguy. Su hijo en edad de merecer (que no de heredar, se repetía a sí misma Minina) se había comprometido, a su entender, con una actricita de medio pelo, una bataclana que ya había pasado por las armas de varios productores y los escenarios de los mejores teatros, aunque triunfaba en un canal de estrellas. Minina, deseosa de nietos que heredaran su linaje, sentía una gran frustración de que su hijo no hubiera preferido a alguna de las niñas de su código postal. Nunca se enteraría de que su futura nuera era una mujer preparada, inteligente y muy culta aunque su envase y *marketing* no correspondieran. Sin embargo, los preparativos hacían las delicias de la mujer que había ahuyentado su tedio con la selección de vinos, flores, menús, vestidos y decoración para cada ocasión que se le presentaba. Su marido, el señor al que las visitas al cirujano también se le habían vuelto un hábito, no le hacía el menor caso. Desde que se casaron había mantenido aventuras con mujeres que no le representaban ningún reto y a su esposa la mantenía callada con el silencio que otorgan la comodidad y el dispendio. Su teoría era que si ella podía pasar horas en centros comerciales y tiendas, no le quedaría energía más que para aceptar lo que él le diera sin reclamación o devoluciones. Nunca imaginó que ella se haría también de otros pasatiempos, de historias más profundas que si bien no incluían el intercambio de fluidos, la sinapsis de neuronas espejo había vuelto a su mujer más fuerte y poderosa, independiente y distante, nada sumisa, como él la creía.

Minina contrató a un investigador privado para saber si la actriz que se convertiría en su nuera tenía buenas intenciones o si solo quería mancomunarse con el peculio de su hijo. Un día la citó con el psiquiatra que lo trataba para que le diera un diagnóstico sobre la personalidad de la celebridad que había entrado a su casa por la televisión y no por la puerta grande. También la llevó con su confesor, quien escandalizado la condenó por leer libros que para el cura eran perniciosos. Y el día que el sacerdote publicó las amonestaciones y dijo a Julio que la disfunción eréctil era causa de nulidad del matrimonio, ya que al no poder cumplir con sus funciones viriles en la cama atentaría contra el fin único de las relaciones sexuales que es la procreación, María soltó una carcajada que retumbó en la iglesia y se oyó en la Roma, Polanco y las Lomas, y llegó hasta los oídos de su futura suegra, risa macabra que las distanció aún más.

—¿Cómo se atreven a decir que la responsabilidad de la anticoncepción por métodos naturales solo corresponde a la mujer? —le dijo furiosa a Julio cuando salieron de su plática con el cura. Ese fue el golpe mortal que asestó la Iglesia a la fe de Maura.

5

Rigor mortis,
o de cómo salí beneficiado
por la muerte

Aunque mi familia era santa, católica, apostólica y romana, y así *ad nauseam*, yo no creía gran cosa en Dios, pero el día que me di cuenta de que el cura regañón de mi pueblo me echaba los perros, me enrolé en su club. Un par de miradas lascivas fueron la señal que me dio "mi pie"… está bien, trataré de no hablar con los tecnicismos propios del teatro para no confundirlos. Cómo dejar pasar esa oportunidad si ese era mi pasaporte a la libertad. Así, joven, imberbe y ateo, empecé a ayudar al sacerdote como acólito en misas, extremaunciones y uno que otro exorcismo al que le rogué que me llevara. Claro que pagué caro ese favor. Mis padres, confiados de que en manos del cura estaría mejor que con mis amigos, jamás imaginaron que habían sometido mi potestad a la de una mente perversa y manipuladora que aunque me enseñó mucho de lo que sé también destruyó mi inocencia, que en el fondo creo que es el único pecado que no tiene redención. Para todos los demás hay cura y curas, y letanías de culpas. A pesar de ello, en la parroquia del pueblo pasé los mejores años de mi adolescencia, lejos de mis padres y de mis once hermanos que me torturaban por ser el rarito de la familia. En la sacristía, la monja que ayudaba al padre me enseñó a coser y nos pasábamos horas vistiendo y desvistiendo vírgenes. Así entendí el dicho de "quedarse a vestir santos", porque esa santa mujer, que sufría más que yo por el abuso del que era objeto, aunque el saberlo y no actuar la volvía accesoria, vio cómo en cuestión de días nuestra parroquia pasó a ser la más bonita de la diócesis. Nos volvimos la capilla más bella del ejido. Nuestras vírgenes y santos vestían con los mejores brocados y sedas que yo conseguía con las más variadas estratagemas del fiado. "Que Dios se lo pague" tenía el efecto de conseguir que hasta el más avaro soltara unos pesos para su iglesia. No hay como apelar al temor de Dios y a la posibilidad de alfombrar el Juicio Final para espantar a los caballos del Apocalipsis que rondan la mente de los mustios.

El día que mi suerte cambió, el cuerpo del padrecito se me había venido encima como el de un león marino. No podía respirar y muy pronto me di cuenta de que él tampoco lo hacía. Me había inmovilizado. Su corpulencia, así como lo pesado de sus sermones, se me habían materializado encima. Sentía un profundo asco. Su piel gelatinosa en contacto con mi cuerpo desnudo era insoportable. Me costaba mucho trabajo llenar los pulmones de aire pero no me di por vencido. Para colmo, se había quitado la sotana y dejado las cadenas y su maldita cruz se me estaba incrustando en el riñón. Había llegado mi ordalía y sentía la cruz como un hierro candente que implacable me marcaba, como si perteneciera a su rebaño, a fin de cuentas su irremediable grey. Logré meter un brazo debajo de mi cuerpo y luego el otro. Me aferré a la alfombra con las uñas y empecé a jalar para deslizarme y zafarme. Sentía cómo los nudos de la alfombra me quemaban las rodillas y los huesos de la cadera, mientras el padre me trituraba el sacro… nada menos sacro.

Mis movimientos eran milimétricos. Había que tener paciencia. Maldije y odié a Dios y a su Iglesia. El calor del cuerpo fue cediendo su lugar a un frío muy especial. Un frío nunca antes sentido. Así fue como conocí la muerte en tercera persona, tendida cual manatí sobre mi núbil cuerpo. El horror de estar siendo aplastado por un muerto dio lugar a una sensación de alivio. Al menos de algo estaba seguro: ese cura de mierda no volvería a abusar de mí. Se fue en un VTP al averno. Años más tarde me consolaría que su pecado no hubiera valido la pena ya que ni al orgasmo llegó, además de que ni tiempo tuvo para la penitencia.

Salí huyendo de ahí pensando que lo había matado, por lo que antes de que iniciaran las averiguaciones y sabiendo que en pueblo chico, chisme grande, me fui a salto de mata con un cohete en el culo. No creo que sea necesario hablarles de la afición de las parroquias de pueblo por echar cohetes.

6

Llegué y besé al santo
(dícese de quien con facilidad
consigue algo).
De hostias, casullas
y amontillados

Fue así como llegué en la Ciudad de México al único lugar que conocía, ya saben, la cabra tira al monte: una iglesia. Nada más que en este caso era una iglesia muy grande en la plaza principal de la ciudad. ¿Cómo iba yo a saber que se trataba de la catedral si nunca había salido de mi pueblo?

El día de mi arribo pude pasar desapercibido porque en la iglesia había un gran revuelo. Una de las familias más prominentes de México casaba a su primogénito con nada menos que mi actriz favorita, María Linares, una novel y hermosa estrella de telenovelas que nos hacía llorar y reír por igual a mí y a la madre costurera, que es de las que llora por todo, llora cuando ríe y llora cuando llora, y esa actriz objeto de nuestro llanto, esa cara tan familiar, cercanía propiciada por la pantalla de la televisión, era nada menos que la mujer que yo había querido ser toda mi vida.

Soy producto de una generación que creció con *Free to Be… You and Me*, el álbum de canciones que pretendía darles a hombres y mujeres la igualdad combatiendo toda clase de estereotipos, aunque mis papás no conocieron ese movimiento. De regalo de

Navidad pedía muñecas para amarlas y educarlas, detalle que los dejaba perplejos por no decir pendejos. Lo que más me apasionaba eran los vestidos de las barbies de mis hermanas y sobre todo sus zapatos. Esos pequeños adminículos de plástico que realzaban las piernas y eran sinónimo de clase. Claro que estaba vedado jugar con ellas en público, pero un par de padres ausentes y Mattel me dieron la posibilidad y las herramientas para entender de moda aunque fuera en lo oscurito. Por eso cuando la vi llegar en persona sentí mi verdadero llamado.

Flores y más flores entraban por la puerta lateral del templo. Todavía recuerdo lo abrumado que me sentí cuando vi la nave principal por el tamaño que tendría Dios en esta ciudad en la que le habían construido una iglesia tan grande. Estaba "mudo, absorto y de rodillas", como me había enseñado el cura regañón de mi pueblo, y por regañón quiero decir pederasta. Más tarde, cuando conocí a María Linares, volvería a postrarme así pero ahora sabría por ella que se trataba de unas líneas de un poema de Gustavo Adolfo Bécquer y no de una instrucción para ser ultrajado sexualmente por un parroquillo de pueblo.

Pues seguía "mudo, absorto y de rodillas", o más bien en Babia, cuando un rollo de alfombra roja me sacó de mi arrebato místico. Entre el olor de los nardos y el incienso me sentía como si hubieran llegado a visitarme los Reyes Magos.

—¡Quítese joven! —me gritaron los colocadores—, no estorbe que tenemos prisa.

Pero como el físico siempre ha sido un gran promotor de las oportunidades, ¿o me van a refutar que los guapos siempre nos salimos con la nuestra y conseguimos los mejores trabajos?, del empujón que me dieron los salvajes enfundados en unos overoles que me parecieron un insulto para ser usados en la casa de Dios, caí en la sacristía, junto al ábside, atrás del altar (creo que no es necesario repetir lo de la cabra), un lugar que conocía y del que generalmente salía con las manos llenas, no siempre de algo que quisiera, pero no hay que ser desagradecido.

7

La fiesta de mi transverberación,
o cómo conocí a María Linares,
la futura Maura Montes

La sacristía era para mí lo más sagrado, aunque a veces saliera de ella cargado de hostias (de unas y otras). Cuando me enteré de que en la cultura del vino a la mejor parte de una cava, en la que se almacenan los amontillados, entre los finos, los olorosos y los vinos viejos, se le llama la sacristía, decidí darle una segunda oportunidad a la Iglesia católica.

Y pues ahí me encontraba en lo que más que sacristía parecía la Capilla Sixtina, ¡Ah, caray!, y yo que pensaba que los curas hacían voto de pobreza, porque el de castidad ya lo había descartado en carne propia (aunque no cualquiera tuvo la "fortuna" de ser iniciado por un cura, algunos monaguillos se quejan amargamente de no haber despertado las bajas pasiones asotanadas de los padres de sus parroquias). Volviendo al palacete que era la sacristía de la catedral, había frescos, retablos de oro, palmatorias, esculturas y las suntuosas y finísimas sedas y brocados importados de los vestidos del príncipe en turno. O sea que esta sacristía le hacía honor a su nombre: junto con lo más sagrado, la hostia, se almacenaba lo más caro: los disfraces de Su Ilustrísima. Y al ver todo eso creí que había muerto y vuelto a nacer, como si hubiera reencarnado, aunque no me encontraba en un templo hindú sino en uno de la competencia.

Ignorando ser observado me restregué contra las casullas de seda y guipur. Como además de guapo siempre he sido imprudente e inoportuno, tuve a bien sacar de su propio arrebato místico a una monja lavandera (porque eso sí, no me las saquen de sus deberes con Dios, o lo que es lo mismo, lavarle los calzones a los curitas, porque arde Troya) que se afanaba en limpiar la mancha del pecado de los lienzos de la eucaristía, porque los vestidos de monseñor, esos se mandan a la Tintorería Francesa violentando el reglamento interno de la diócesis.

—Buenos días, madre —saludé con toda cortesía.

La cara de sorpresa de esta mujer tan cerca de Dios y tan lejos de la belleza me reveló que hacía mucho tiempo que no veía entre las cuatro paredes de su encierro a un ángel, porque así me han llegado a describir. Incapaz de articular palabra por un momento, ahora sí: muda, absorta y deseando estar de rodillas, me preguntó el motivo de mi visita y si estaba yo ahí por la boda.

—¿Qué boda? —pregunté con genuino interés. Y así fue como empezó la charla con alguien que leía distraídamente el catecismo, recitaba a regañadientes los maitines, las vísperas y una espiga dorada por el sol, y que en realidad se sabía de memoria los chismes de las revistas del corazón como si fueran pasajes de la Biblia. Asunción era carmelita.

—¿Asunción o Carmelita? —le pregunté sin pudor por mi mal chiste, mismo que seguramente le habrían hecho hasta el cansancio.

Rio y su sonora carcajada, demasiado gutural para mi gusto, fue amortiguada por su delicada mano en la que la alianza de oro brilló con el haz de luz proveniente de uno de los vitrales, recordándome que ella también había tenido su boda con Cristo.

Asunción y yo nos enfrascamos en una plática acerca de la Iglesia y el mundo del espectáculo, ambos tan parecidos, antidemocráticos e igual de frívolos, en los que la memoria, la simulación, el ritual y las alfombras rojas convergen en un escenario o altar. Claro que además hablamos de religión, y no me sorprendió su conocimiento de santa Teresa de Jesús, su fundadora, y hasta bromeamos sobre el arrobamiento y el éxtasis. Hubiéramos podido volvernos inseparables de no ser porque los pasos de monseñor anunciaron su llegada.

—Esto es un escándalo, Eugenio —repetía con voz grave—. Pero si todo está listo. ¿Qué se creen estos niños ricos, que pueden disponer del tiempo de uno a su antojo? Comuníqueme con la señora Minina y váyale advirtiendo que yo no pienso hablar con esa actricilla. Los invitados ya empezaron a llegar. Eugenio, haga algo, no se quede ahí parado. Y usted, Asunción, fuera de aquí que me tengo que cambiar —dirigiéndose a ella pero en realidad inspeccionándome de pies a cabeza, gesto por demás familiar en mis años entre el seminario y el refectorio—. ¡La boda se canceló! Avísele al padre Valdemar y que alguien en la puerta de la iglesia detenga la entrada de los invitados —ordenó—. ¡Y tú, ayúdame a quitar esta casulla que me está matando! —me exigió monseñor que también estaba pasado de kilos y en esa edad en la que hasta la casulla aprieta.

Inmediatamente me dispuse a ayudar a Su Ilustrísima con toda la parsimonia y el fasto que esa ceremonia requiere. La tenía perfectamente estudiada, cosa que impresionó gratamente a monseñor.

—¿Desde cuándo empezaste como monaguillo aquí, hijo? —preguntó, y dando por hecho que sabía la respuesta y por sentado que no le interesaba, antes de que pudiera responderle continuó con su homilía, como les gusta a los curas: sermoneando y regañando—. ¿Cómo ves al cobarde muchachito que además de plantar a la actriz no se atreve a decírselo y pretende que yo la llame? Hasta donde yo entiendo me lo dijo en confesión y por lo tanto es secreto... —afirmó al tiempo que marcaba un número en el teléfono de la sacristía.

"Qué conveniente", pensé, "si a estos se les queman las habas por contar todo lo que ingenuamente les revela uno en el confesonario. Ya me imagino sus *pocarizas*, apostando patenas, anillos cardenalicios, misterios de marfil y hasta secretos revelados en confesión".

Las llamadas no se hicieron esperar aunque no pudieron encontrar a María Linares. Seguramente había salido ya de su casa. Una vez que doblé la casulla y colgué la estola, Su Ilustrísima me mandó a la puerta de la iglesia a alertar a los invitados.

Así fue como la conocí: llegando al Zócalo envuelta en una nube blanca, rodeada de *flashes* que intentaban atravesar los vidrios para captar el interior de un Lincoln negro del que asomó una zapatilla de tafetán blanco con la intención de dar la función para la que había sido confeccionada. Pero antes de que fuera demasiado tarde me abalancé hacia el coche, y asumiendo el riesgo de convertirla en una "maldita lisiada" la empujé y me subí con ella.

—¡No te bajes, María, el hijo de puta de tu novio le pidió a monseñor que te llamara porque no se va a casar! —le espeté.

Su mirada lo dijo todo, era una mezcla de alivio y pesar, pero una reacción rápida para el *damage control* la llevó a ordenar al chofer que se arrancara (titubear equivalía a una sentencia de muerte).

—Ulises, vámonos, ya lo oíste.

—Vámonos por un *enderezadero* —le dije también sin titubear.

—¿*Pos* de dónde eres? —me miró extrañada.

—Del norte.

—¡Ándale, Ulises, arráncate! ¿Qué no ves que estamos a punto de hacer el ridículo?

Nos arrancamos como costra y horas más tarde estábamos muy lejos, sentados frente a frente en un restaurante en alguna carretera. Se había quitado el vestido de boda en el probador de una tienda departamental, frente a la mirada atónita de la vendedora a la que extendió su cartera para pagar los pantalones y la blusa que se compró sin probar. No podía regresar a su casa, al menos por un tiempo. Hasta que se calmaran las aguas.

8

All about Eve, que no es
lo mismo que *La plantada*

"¡Qué película!", se repetía. Nunca se imaginó que esto le fuera a suceder a ella. De novia de México a novia fugitiva sin siquiera cambiar de canal.

—¡Quítame este velo! ¡Arráncame las espinas! —Por más que estuviera acostumbrada a los jalones de pelo de las peinadoras de la empresa para la que trabajaba, ese día sentía los pasadores como una corona que le taladraba el cuero cabelludo.

—¡Que me quites los pasadores que ya no aguanto este chongo! —fue la primera de una serie de instrucciones que pasarían a ser nuestro intercambio cotidiano—. ¡Ya me imagino a la prensa y las revistas! ¡Qué pesadilla! —me repetía mientras leía los primeros estertores de su muerte pública en mi cara. Antes que nada tenía que protegerla y blindarla.

La noticia de que había sido plantada ya se había regado como pólvora, y en menos tiempo del que le tomó al cardenal estar brindando en casa de la familia Cordero. Alguien se tenía que ocupar de los vinos y las viandas dispuestos para el banquete de tan magna ocasión. "¡Ni modo que se desperdiciaran!", se lavaba el cerebro mientras apuraba las copas de vino como si no hubiera mañana… ni misa al día siguiente.

Tampoco es que no estuviera acostumbrado a oficiar crudo los domingos, la cabeza explotándole, el bigote perlado de sudor y el pulso inestable. Los monaguillos, que lo apodaban en secreto Chabelo por ser el amigo de todos los niños, reconocían su estado por un par de chiqueadores que escondía bajo el solideo, además de que en esas ocasiones, y para alivio de la feligresía y de ellos, los amigos del altar, la homilía y el sermón eran breves pese a su debilidad por el micrófono.

Minina y su marido no escatimaron en la contratación de agencias noticiosas y reporteros de sociales que orquestaron una suciamente extraordinaria campaña de desprestigio. Buitres que vivían de payolas y cochupos emplearon todas las artimañas a su amañada mano para darle el *spin* que creían conveniente a la desafortunada noticia. En poco tiempo la reputación de María estaba más sucia que un baño de gasolinería. La convirtieron en los renglones torcidos de Dios y más tarde pasó a ser lo que más temía, un encabezado mal redactado, un título de película mal traducido: de *Novia fugitiva* a *La plantada*.

Así fue como la conocí y así fue como dejamos a Ulises, el chofer, en el libramiento de la autopista, y con un vestido de novia en la cajuela y la Biblia que le regalaron el día que la pidieron, nos alejamos de la ciudad que no volvería a saber más de María Linares y su salvador. Ella, prófuga de los *paparazzi* y yo de la justicia.

—Y a todo esto, ¿cómo te llamas? —me preguntó con inocencia disfrazada de seducción.

9

Una estrella capciosa,
Spiritu Sancti Motel

La recepción del motel era lo más cercano a un cuchitril. María y yo nos dábamos cuenta de que nos acercábamos a la frontera mientras más pinches eran los moteles en los que nos hospedábamos.

—Señora Linares, disculpe usted pero se tiene que quitar ese nombre de hacendada. Necesita un nombre de estrella —le dije con toda seriedad y hablándole de usted. El chiste me duró lo que a ella el liguero, yo incapaz de revelarle, todavía, que secretamente la *stalkeaba* en mi natal Sonora.

—¿Y cómo carajos me pongo?

—No se preocupe, ya encontraremos un nombre que le haga justicia. Algo pegajoso como *La esfinge sueca*.

—Esa era Garbo, tonto.

—*Ok, ok.*

—Rosa Venus —se me ocurrió al ver la puerta del baño abierta e imaginarme el tipo de jabón que nos esperaba en la regadera.

—Ya, pendejo —mostró la confianza que nos tuvimos desde el primer instante.

El ataque de risa fue la advertencia y el preludio de lo que nos esperaba. A partir de ese momento supe que las risotadas nos harían cómplices.

Conspiramos un rato más y así fue como me di cuenta de que éramos uña y mugre, el complemento ideal: Marisol y Joselito, Pili y Mili, las hermanitas Vivanco, y para algunos envidiosos, Pituca y Petaca.

Yo apenas pensando en su nombre y ella imaginándose el tamaño de la marquesina.

—Y tenemos que fingir tu muerte —le dije.

—¿Entonces estoy muerta?

—¡Como Cristo en Sábado de Gloria! —zanjé la pregunta—. A ver… —hice una pausa y por reflejo me rasqué la cabeza—. Nombres —y empecé una letanía—: ¿Lupe? —pregunté, y antes de pensar en el apellido fui brutalmente interrumpido.

—No metas en esto a la morena del Tepeyac —respondió tajantemente—. No entiendo el afán de ponerle a las hijas el nombre de una virgen si ya se sabe que nadie se aguanta las ganas.

—Simona Santoro —y una carcajada acompañada de un almohadazo respondieron al aventurado confidente, o sea, a mí.

—¿Valentina Vegas? Para que suene a pecado.

—'*Tás* pendejo —abreviando.

—¿Dolores Almada?

—Ni para los créditos de un *videohome*.

—¿Bianca Bernhardt? Porque no me vayas a salir con que te quieres poner como la Félix.

—Ni muerta.

—Belén Balmori.

—Muy bíblico y estirado.

La música de una troca en el estacionamiento del motel provocó el reflejo de Pavlov en Maura, quien brincó como un resorte de esas camas en las que pretendíamos descansar después del periplo que nos llevó a recorrer kilómetros, alejándonos de su mundo pero acercándonos a uno nuevo y excitante. Contoneándose frente al espejo se subió la *t-shirt* hasta que le quedó de ombliguera, revelando su minúscula cintura.

—¡Ya sé, ya lo tengo! ¡Montes, como Tongolele!

—¡Mira qué ocurrente me saliste!

—¡La Montes! ¡Me gusta como suena!

Y sentados frente al espejo, con un frasco de perfume y haciendo la señal de la cruz, le dije:

—Yo te bautizo en el nombre del teatro, del cine y del espectáculo santo.

Las tubas, los trombones, las tarolas y el acordeón irrumpían como testigos de la ceremonia desde esa improvisada gayola.

Y los dos, la recién bautizada estrella y su confidente, nos echamos de espaldas riendo sobre las inmundas colchas del asqueroso motel de quinta que acabábamos de transformar en registro civil.

10

¡Hasta aquí llegó mi amor!

"¡Yo me gano la vida en las tablas, no en la cama! ¡Insolente!", fue lo único que escuchamos a lo lejos, seguido de un portazo.

El dueño del establecimiento, al que orgullosamente llamaba teatro, aunque se trataba de una carpa abandonada por los hermanos Pirelli el día que se separaron para iniciar un proyecto descabellado de circo sin animales. ¡Por Dios! ¿A quién se le ocurre que el ser humano se interese por ir a la arena a ver acróbatas? Pero volviendo al personaje que acababa de ser increpado, Rogelio, era un caballero educado, de mano corta y dedo largo. Infringía sin reparo el noveno mandamiento ("No consentirás ni tendrás deseos impuros"), sin embargo, era incapaz de robar. El pelo engominado irremediablemente con Glostora se le había convertido en una peluquita Mi Alegría que ocultaba dos cicatrices adquiridas en su adolescencia en sus clases de esgrima, cuando esa disciplina solía incluirse en el tronco común de la carrera de actuación. Vivía enamorado de la estrella en turno de su "teatro" quien, separada por la puerta de un diminuto camerino que su imaginación archivaba bajo el concepto de suite presidencial, invariablemente le ponía las peras a cuarto.

Ellas lo ignoraban incontables veces, tantas como las que se subían al improvisado escenario a ensayar sus escenas. Un espejo con los focos en su gran mayoría fundidos y el tocador frente a un desvencijado taburete, eran en su mente el sinónimo de la sala del trono. Una sacristía hereje, o el altar frente al cual se persignan los toreros antes de ir a cometer su crimen dominical. El hombrecillo vivía con la certeza de que ninguna de las divas que engalanaban su cartel le echaría jamás un lazo, y a pesar de ello nunca perdió la esperanza e intentó conquistarlas a todas con promesas disfrazadas de marquesinas y las flores más exóticas y fragantes que encontraba en recónditos mercados y que ese día volaron por los cielos acompañadas por el temido: "¡Hasta aquí llegó mi amor!" que vociferó la última de la lista. Segundos más tarde, maleta mal hecha en mano, armada con un tacón solamente y el consecuente andar cojitranco, la diva encabronada desapareció dejando una estela de perfume barato y la puerta abierta para una nueva aventura en la que estrenaría vida y nombre la gran diva fugitiva… y yo con ella.

Rogelio, quien salió corriendo tras la cauda que dejó el cometa mientras se alejaba de su firmamento, no pudo sino reparar en la belleza de la mujer que con la gracia de un caballito de circo bajó del Lincoln del que no quedaba ni un resquicio negro. Parecía como si lo hubiéramos empanizado en el desierto.

Caímos en blandito. La cara del dueño del establecimiento al ver a la Montes esbozó una sonrisa que prometía abundancia, como si aquí se amarrara a los perros con chorizo. Yo siempre he dicho que si quieres sacarte la lotería cásate con el lotero. Por lo que a falta de un horizonte más claro me vi desempacando el currículum de Maura en ese territorio nada prometedor.

—¿Con quién tengo el gusto? —preguntó tendiéndole la mano.

Ella no supo qué contestar. Se pasmó por un momento. En la ceremonia de bautizo habíamos llegado al apellido pero a causa de las carcajadas que siguieron jamás reparamos en el nombre. Estaba a punto de decirle el verdadero cuando salí en su rescate.

—Maura, la gran Maura Montes.

¿Que por qué se me ocurrió ese nombre? No lo sé, tal vez por mi cariño por aquella monja que me enseñó a coser. Obviamente nunca le dije a la Montes que la había bautizado con el nombre de una monja, porque de no haberse pasmado estoy seguro de que se hubiera puesto Magdalena, Mesalina o Lucrecia, como alguna cortesana histórica.

—Encantado, señorita Montes —le extendió su corta mano don Rogelio.

Y como se veía a leguas que aquí era donde Cristo dio las tres voces, nos instalamos sin más equipaje que el vestido de novia, que con anilina convertimos en el vestuario de su debut estelar, y la Biblia, que a falta del *Método* de Stanislavsky se volvió su manual de la ficción.

I I

Hasta que quiso ponerle
el cascabel al gato,
o soluciones perfectas
a problemas urgentes

Como les había dicho antes, no soy un asistente común y corriente. No cumplo con el requisito primordial del asistente común y corriente: ni soy feo ni ando a la cuarta pregunta. Mi instrucción previa fue la de monaguillo y sacristán adjunto de una iglesia de pueblo, que aunque no me lo crean tenía más poder que muchas iglesias que llegué a conocer. Lo que pasa es que el párroco era discreto, y por discreto me refiero a pederasta.

Nunca me ha faltado nada porque lo que me tocó en la vida, además de generoso y compartido, jamás lo he dilapidado. No me gustaba ir a la escuela y mi instrucción la recibí del cura español dicharachero que además de mis huesitos lo único que quería era regresar a España para hartarse de jabugo, chorizos y joselitos. Aquí a todo le ponía aceitunas, ajo y aceite, que era a lo que olía. Además, me daba de hostias con la misma facilidad con la que consagraba las otras. Siempre que lo corregía me decía: "¡Joder! Donde dije digo, digo Diego". Y así fue como supe lo que es mantenerse en sus trece, o sea que me volví un necio, y con el cura que se me fue de la peor manera aprendí a blasfemar y amar a Dios en tierra de indios, lo que significó un retroceso de casi quinientos años en la instrucción del pueblo al que le sustituyeron sus ídolos por los santos, a la Tonatzin por la Guadalupana y el "Me cago en Dios" por "Te vas a la chingada". El "mande" me lo quitó a chingadazos Maura. Cada vez que contestaba como indio aleccionado, *Madame* me recordaba que esa respuesta era una forma de sometimiento tan impertinente y vulgar como el *Please honk* tatuado en las defensas de los coches de las colonias inglesas como con un hierro candente. Solo basta recorrer las calles de Nueva Delhi para comprobar el terror en el que habrían de vivir los ingleses cuando introdujeron el auto motorizado en sus colonias.

—¡Ya te dije que contestes "qué"! —insistía—. No es más educado decir "mande", de hecho es de una sumisión pasmosa y hasta pinche —me repetía.

Asumí mi atracción por el sexo débil aún antes de ser confirmado (en la iglesia) por el cura que empleaba como lubricante los santos óleos, hecho que me llevó a pensar que la sodomía era sagrada y que la extremaunción no era un sacramento que se administraba a los moribundos. Y sí, digo el sexo débil aunque les suene extraño y hasta retórico, pero en la cadena alimenticia los homosexuales estamos en el escalón de las lesbianas y a ellas les dicen fuertes.

Siempre he sido muy amable y divertido. He sabido ser el centro de atención pero con la misma facilidad retrocedo dos pasos para no ofender protagonismos. El único que me importa es el mío y ese lo conservo intacto. A diferencia de las personas que existen demasiado, me considero una pieza silenciosa, fundamental y angular para que el mecanismo de las emociones funcione. Como la actuación no es más que un cúmulo de emociones y la reacción natural, espontánea y verdadera hacia estas, mi paso de asistente de cura o monaguillo a asistente de diva se dio con toda naturalidad. O como decía mi benefactor: fui cocinero antes que fraile.

Mi entrenamiento había sido riguroso y meticuloso por lo que con la misma reverencia con la que enfundaba en la casulla al bendito padre de mi parroquia, y por bendito quiero decir pederasta, me enseñé a vestir a la santa *vedette* que la vida puso en mi escenario. La misma solemnidad, el mismo protocolo, nada más que uno de los dos actos era de verdad. El otro puras formas. ¡Ay, los ritos, cuánta certeza nos dan! Qué seguridad la repetición hasta el cansancio de dogmas o parlamentos que acaban por convertirse en verdades. Mi trabajo desvistiendo curas, en el sentido logístico, acabó por volverse litúrgico cuando se trataba también del acto perverso que practicaba con el inmundo. Pero ya era mecánico, ensayado, rutinario. Nunca creí que me podría reír desvistiendo a alguien hasta que se me apareció la Montes y arrancarle los vestidos entre escena y escena se volvió una feria de carcajadas. Si se le atoraba el vestido que porque se había comido una menta de más. Si no le bajaba de la cadera porque le había puesto mucha soya al sushi. La cosa es que los dos acabábamos tirados de la risa en el piso como antídoto contra cualquier pesar. Ya ven que algunas viejas son ciclotímicas. Y si son actrices, peor.

12

La voz humana.
Una llamada

Las horas se escurrían con una lentitud pasmosa. No hay mejor forma de constatar la elasticidad del tiempo, su impermanencia y volatilidad, que esperando. Los actores y las actrices, además de desarrollar un acucioso mecanismo para escabullirse del rechazo, tienen integrada una herramienta que les permite esperar y esperar sin desesperar. Dicen que en el cine se paga por las largas horas de espera en las que el fotógrafo, generalmente un escultor cuya materia prima es la luz, y su maldición el reloj, coloca las luces y la cámara que embellecen, quitan impurezas e incluso engrandecen a seres humanos que en la vida real son diminutos. Porque no hay más que toparse con una o uno de esos que solo son grandes proyectados en una pantalla, para constatar la pequeñez del ser humano y la fragilidad del ego. Pero volviendo a la espera, Maura se encontraba nerviosa, ansiosa.

El papel ya no era como los de antes, no estaban en busca de la "dama joven", pero había desatado una competencia feroz que enfrentó a las actrices de más de sesenta años: la Trueba, la Orendáin, la Flores, la Fábregas, la Sanz, la Cuevas y la Jurado, todas confiadas en su belleza, talento, trayectoria y cercanía

con el director de la cinta y convenientemente liberadas de su mayor rival por el retiro autoimpuesto de la
más grande de todas: la Montes.

El personaje no era poca cosa, era de esos que
hacen la carrera de una gran actriz, a los que están
acostumbradas Glenn Close y Meryl Streep y que
en cinematografías bananeras ocurren, como el paso
de un cometa, una vez en la vida. El *casting* fue san-
griento, un proceso de selección como al que someten
a las vacas, sementales y cerdos de engorda en feria
ganadera, o como el de las *misses* en un concurso de
belleza, o de atletas en una justa olímpica, todos en
competencia sujetos al escrutinio del juez, del cro-
nómetro, de la cinta métrica, o como en este caso, al
capricho del director. Todas lo padecieron.

El productor había programado las citas con las
actrices estratégicamente para que no se encontraran.

—Que no se topen —le dijo a su asistente de *casting*—, que pueden salir chispas. —Su intención era
hacerlas sentir únicas.

A Maura no se le extendió la invitación y por tanto
no se le asignó un horario. La leyenda urbana la daba
por muerta y en consecuencia fue ignorada.

Salió de su casa temprano acompañada por Florentino, su chofer, y se presentó en los Estudios Churubusco.

Con la dignidad que le quedaba, un par de tacones
gastados y unos *jeans* que se mofaban de su edad y
que ocultaban su culo caído de leona, ese que había
sido repisa y tablero, se abrió paso entre las filas de
cientos de extras que se registraban para participar

en una secuencia de la película. Nadie la reconoció, nadie se preguntó quién era. El peinado, armado en un chongo acorde con el personaje, fiel a la época, impecable —tal vez el último que hiciera Silvia, su peinadora—, le daba un aire surrealista. Pidió que le indicaran en dónde podía registrarse y una vez cumplido el trámite se metió en el baño, que para efectos de ese día volvía a ser su camerino.

Con gran esfuerzo, al estar acotada en ese espacio y por la pérdida de su antigua agilidad, se enfundó un vestido también de la época, se retocó temblorosa el maquillaje y salió a enfrentarse por última vez a ese combate contra la propia psique. A ese despeñadero que solo cruzan los valientes y del que pocos sobreviven. La rutina en la que se mancilla el ego y si no se muere se hace más fuerte. El momento de templanza, el sacrificio, el revolcadero de emociones que atraca en buen puerto o sume al actor en la desesperanza: el duelo con la cámara, con parlamentos e inflexiones como único florete que asesta golpes cuando el pulso certero de la palabra toca el corazón.

La vida la había vuelto humilde a putazos. No estaba acostumbrada a hacer filas ni a ser confrontada. Todo había sido muy fácil. Su belleza como pasaporte, salvoconducto falaz, había expirado y de lo único que podía asirse era de su talento y de la intuición adquirida en años de vivencias.

Los actores tienen la virtud de prolongar la infancia hasta la madurez; el juego es una condición necesaria de su trabajo, les permite reordenar el universo.

El juego de máscaras es en ellos la fachada, el ocultamiento. Entre más máscaras y más capas, mayor la coraza, más complejo llegar al fondo de las emociones, más rica la construcción de sus personajes y más real el milagro de la multiplicación de las personalidades. Si para algunos la máscara de Garbo era una idea y la de la Hepburn un evento, la de Maura hoy frente al espejo era una aventura.

Antes de salir sacó una botella de whisky de su bolsa. Así era ella, una mano que dejaba de temblar con los primeros sorbos de esa bebida que le devolvía la seguridad.

La puerta se abrió. El telón se levantaba otra vez. Corre sonido, corre cámara, ¡acción!

13

¡Que le corten la cabeza!
Mutatis mutandis

La de don Rogelio, el hombrecillo de la mano corta y el dedo largo, era una compañía de teatro ambulante, o callejero, más llanero que ambos, donde se escenificaba a los clásicos, y como ya les dije, se descubrían talentos con la misma facilidad con la que se perdían.

Las relaciones públicas y la diplomacia no eran el fuerte de su director, quien además abusaba de su puesto y del llavero que colgaba de su cinturón para vulnerar la cerradura del camerino de las actrices a las que en su mente daba una oportunidad de oro. ¡Se daba una cuerda el pobre hombre!

Su obsesión por Fedra, Penélope y Pasifae, por Scherezada, Salomé, Bovary, Pompadour, Ofelia, Violeta, Eloísa, hablaba más, a mi entender, de una carencia materna que de una atracción sincera por el género femenino, de ahí su donjuanismo de pacotilla, máscara ideal de una homosexualidad no resuelta.

—¡Ni soy poneuñas ni ponepolvos y tampoco peluquera! —le grité a todo pulmón al cerdo de don Rogelio cuando me mandó llamar para que le recortara el bigote de domador de circo que tenía no sé cuántos días sin arreglarse porque el peluquero del pueblo llevaba borracho una semana.

Pero los días en ese remedo de teatro estaban contados; nuestra llegada fue un parto sin dolor pero el bebé nació muerto. Maura no le iba a dar ni la hora a Rogelio y se lo hizo saber, para mi gusto, demasiado pronto. "Para la reina solo existía un modo de resolver los problemas fueran grandes o pequeños: ¡Que le corten la cabeza!", bendito Lewis Carroll. Pusimos pies en polvorosa a la primera de cambio. Ni nos gustaba la comida ni nos impresionaron sus instalaciones. Y antes de acabar de recitar el monólogo de *lady* Macbeth en su primera producción en ese teatro ambulante, las llantas del Lincoln ya estaban rechinando y escupiendo grava en dirección a nuestro próximo destino.

No teníamos a dónde ir ni dinero para gasolina, pero no acabábamos de cruzar la frontera por una garita en la que ni documentos nos pidieron, cuando los acordes de una orquesta se escucharon otra vez. Esta ocasión la obertura anticipaba emociones fuertes y un recorrido por los temas de nuestro siguiente movimiento, lo típico: chica conoce chico, chica se enamora de chico, chico se enamora de chico, chico y chica acaban solos para variar. Porque en esta relación ella era el anzuelo aunque yo fuera quien acabara quitando las migajas de la cama.

14

The boy next door,
o el chico del aparador

Next stop Wonderland, una antes de la tierra prometida, *Hollywoodland.*

Muy pronto me di cuenta de que Maura extrañaba su mundo, en cambio yo me sentía liberado, querido y con un futuro lleno de posibilidades. Y no la culpaba, había tocado la cima, aunque fuera cabeza de ratón, y de un plumazo volvió a ser nada. En esa catedral había dejado sus sueños de convertirse en la reina, aunque fuera cola de león. Esa capacidad o necesidad de las actrices de reinventarse se transforma en instinto de conservación. Siempre al acecho de papeles, de personajes, de historias… porque en gran medida son incapaces de enfrentarse a la propia, y la realidad que construyen o inventan detrás de esa cuarta pared o de las uñas postizas, las coloca en una posición de poder aunque al borde de la esquizofrenia. Su juego de espejos se confunde y ya no saben quiénes son, si ellas o la del espejo. La observación, su herramienta principal, les permite lograr su interpretación y así la repetición se vuelve un arma de doble filo porque quien observa acaba siendo observado y ese escrutinio les produce un delirio de persecución.

Maura fue de las atrevidas que permitieron a la mujer ser mujer, otorgando a su público femenino la mirada. Confiriéndole a la estética personal y a la manera como nos vemos el poder que antes era exclusivo de los hombres. Despojó de sentido a la idea de Freud de que el poder de mirar es una cualidad puramente masculina y una extensión del voyeurismo.

Cada mañana la luz, tan cambiante como su estado de ánimo, dictaba si la que se despertaba era la villana o la víctima. Si su monólogo interior le alcanzaba para ser escuchada y si el timbre de su voz resonaría en la puerta de algún interesado. Y su tercera llamada le llegó en el cuerpo de un joven y atractivo actor, un gringo poco afortunado en las artes pero extraordinario en la cama y otras superficies menos acolchonadas.

Maura y yo nos cruzamos con Dakota en el *lobby* del nuevo teatro en el que debutamos. Uno antes del éxito. Cuatro ojos se posaron sobre la figura deslumbrante del joven al que la ropa le duraba puesta lo mismo que a un testigo de Jehová una puerta abierta en Polanco.

—Este, como dice el mito, se enamoró el día que se vio por primera vez en el espejo —observé al alejarnos del efebo—. ¿Y ya le habrá llegado el memorándum?

—Dudo que sea *gay* —aventuró categórica Maura, defendiendo inconscientemente su territorio—. Si acaso mantiene una dieta balanceada —estuvo dispuesta a conceder.

—¿Y eso es posible? —pregunté sarcástico—. Yo tengo la teoría de que entre las mujeres es más fácil, pero en los hombres tengo mis dudas, por más estudios que se hayan hecho y aunque pretendan ser concluyentes. La cosa es que cuando no se te para no se te para, en cambio que te claven está más fácil, y si no pregúntenselo a Cristo.

Maura y Dakota se empiernaron sin pudor. No se preguntaron ni el nombre. No se dieron ni los buenos días cuando la atracción los hizo su presa y la bodega de utilería del teatro los arropó convirtiéndolos en Romeo y Julieta mucho antes del suicido colectivo que Shakespeare les impusiera.

Todo era amor y armonía. Encarnaban un romance digno de Zeffirelli. Dakota, guapo y aunque con un *drive* muy similar al de su madera, se empeñaba en sacarlo en par tres para no fallar a la hora del *putting*, si entienden de golf. Su hándicap: el sexo. Exudaba hormonas; era como un adolescente en el recreo, aunque parecía haber encontrado el amor con Maura.

No hay nada que descarrile más el alma que el amor, o el sexo en este caso. Y Maura empezó a estar distraída, cansada en sus ensayos, y aunque muy contenta, irritable. Estudiar un guion con ella se volvió una labor franciscana. Y Dakota, quien lo único que tenía que hacer en la vida era fumar y esperar a Godot, se pasaba las horas contemplando su reflejo en el espejo recostado en el sofá del camerino.

Una camiseta blanca con las mangas arremangadas en donde guardaba sus cigarros y unos *jeans* ajustados le habían ganado que las chicas de vestuario lo apodaran "el chico del aparador". Un día que debía dejar el vestido recién planchado de *Madame* para el segundo acto, abrí la puerta del camerino y lo que contemplé es digno de narrarse: Dakota, sin camisa y con los pantalones en los tobillos, parado frente al espejo resolviéndome una de las dudas existenciales que siempre me asaltaron: Dios sí existe. Y como *Madame* había abandonado al indefenso Dakota a su suerte, dejándolo a medias en los juegos amatorios que entre ellos parecían no tener fin (casi no llega a la escena culminante de la obra), ahí estaba el hijo de Zeus, frente al espejo, acabando lo que Maura había comenzado y yo que me quedo mudo, absorto y…

Ustedes se preguntarán: ¿Brincó? ¿Se sobresaltó? ¿Se asustó siquiera? ¿Sintió pudor, como cuando Adán y Eva se descubrieron sin ropa? ¡Para nada! Dakota continuó plácidamente ofreciéndose el placer que le habían quedado a deber. Y yo, que no me comía una rosca y que a lo más a lo que había llegado era a chupársela a un cura entrado en años y en carnes, conocí por primera vez, y muy de cerca, lo que es morir de amor, o al menos desmayarse de amor.

15

Por donde ve la suegra
(dícese de limpiar solo
lo que está a la vista)

De repente todo se oscureció a mi alrededor, empecé a sentir que me mareaba y a sudar frío, y al querer dar la vuelta empecé a caer hasta que di el ramalazo y terminé rendido a sus pies. Literalmente. Y siguiendo la regla de los tres segundos (esa de que cuando se te cae algo al suelo si lo recoges antes de los tres segundos, valga la redundancia, te lo puedes comer), antes de que chupara faros o me volviera a besar el diablo, Dakota me levantó. Acababa de sufrir un infarto al miocardio y fui atendido por un innecesario pero vital cirujano en un hospital, y con la certeza de que el ataque al corazón venía aparejado de un infarto de amor. Doble infarto del que acabé siendo tratado en la unidad coronaria de un establecimiento que había esquivado a lo largo de toda mi existencia, porque ni al parirme mi madre tuvo la delicadeza de hacer una pausa en sus actividades para cumplir con una cuarentena rigurosa. Siendo el doceavo y el colado a la última cena, mi madre me parió en cuclillas en el patio de la casa con un calor canicular tal que no fue necesario hervir las toallas que me cacharon y con las que me envolvió una nana con todo y placenta.

Dakota, quien resultó ser un extraordinario jugador de *scrabble* y un pésimo aunque cariñoso enfermero, se ocupó de mí con una gran dosis de cuidados. Nuestra cercanía empezó a irritar a Maura que fue quien nos regaló el *scrabble*. Rápidamente inventamos un lenguaje propio, palabras en las que no incluíamos a nadie en un mundo platónico que sin embargo en mi mente se volvía realidad. Las risas cómplices no se generan espontáneamente. La invención de palabras además de terapéutica tuvo un poder liberador de carcajadas. Y la risa es el remedio perfecto para todo. Por lo que mi mejoría se volvió inminente y las ganas de aprender palabras una necesidad como respirar.

Mi enfermero no era el mejor amigo del baño, era más bien como un gatito que huye despavorido del agua. Su aseo consistía en el baño del piloto: alitas y motor, lo que lo hacía desafiar todo convencionalismo, a diferencia de esos que solo limpian por donde ve la suegra, lo que me ponía mal a mí. Su olor, una mezcla entre deportista de alto rendimiento y el perfume de Maura que se le quedaba impregnado, me excitaba.

La proximidad de su piel contravenía toda recomendación médica y me provocaba una ansiedad que lejos de curarme me ponía al borde de la terapia intensiva. La estricta dieta, la cancelación del estrés en mi vida y la limitación de mi actividad motriz a su lado eran una bomba de tiempo. Los picos, crestas y valles de mi electrocardiograma denunciaban el crimen que su presencia cometía todos los días. Mi corazón trabajaba horas extras y el cerebro lo agradecía cada minuto.

Pero nada ni nadie me lo quitaba de encima, y menos de la cabeza, y yo me dejé querer. Se dedicó a procurar mi restablecimiento y el día que fui dado de alta una tristeza poco común me invadió. Cualquiera se alegraría de ser dado de alta, y sin embargo, cuando el peso de mi primera noche solo en el cuarto del hotel se instaló como se baja un ataúd a una tumba, su recuerdo ya no me alcanzó y lloré. Me di cuenta de que la vida no es tan leve y que aun así tenemos que aprender a soportarla.

Pero siempre le fui leal a Maura. Tal vez pequé de pensamiento, pero por ella me había aguantado las ganas. Nada más eso me faltaba, darme a conocer de esa manera.

16

Ni Cristo que la fundó.
La conspiración, o el día
que me quitaron
la estrellita de la frente

Los celos la empezaron a matar.

—¿Qué se traen tú y Dakota? —me preguntó un día al ver que a pesar de estar totalmente restablecido seguía pasando horas con él y recibiendo sus atenciones como si todavía estuviera convaleciente.

—Nada —contesté como alumno de primaria que acaba de lanzar un cerbatanazo.

—No seas mustia.

—¡Ah, caray! ¿Desde cuándo me hablas en femenino? —le reclamé sorprendido—, porque yo seré homosexual en toda la extensión de la palabra y otros apéndices que se me acerquen, pero no soy vieja. Si acaso marica en colombiano, pero jamás maricón. Me he enfrentado a todo en la vida con gallardía y aunque el mundo se empeñe en decir que la hombría es la virtud del valor, yo conozco mujeres mucho más machas que algunos hombres.

—Ya, no te hagas —intentó quitar importancia a su aseveración.

Y lo que empezó como una broma entre dos amigos se fue convirtiendo gradualmente en la batalla de los sexos. Ni en los sesenta, en plena revolución feminista, se habría generado la animadversión que soterradamente nos comenzamos a profesar Maura y yo en un franco enfrentamiento por el cariño de Dakota. Tal vez de manera inconsciente y sin la menor intención de hacernos daño, pero el corazón tira para un lado y la cabeza para otro, además de que Dakota no contribuía, haciéndonos a los dos la cama (en el más estricto sentido conspiratorio).

Ella no se lo esperaba. Nunca se imaginó que algún día tendría que competir con un hombre ya que las herramientas que nos diferencian son las mismas que nos acercan. Aquí las diferencias eran parejas. En todos los papeles que había interpretado las heroínas habían acabado con sus rivales, o si acaso sucumbieron como la marquesa de Merteuil quien perdió a Valmont frente a la bella Tourvel. El rival ahora podía estar en su propia cama. ¿Durmiendo con el enemigo?

Llevaba días esquivándola, evitando el encuentro, poniendo toda clase de pretextos, uno más inverosímil que el otro, y como ella buscaba cualquier oportunidad para leerme la cartilla me hice el perdidizo hasta que nos topamos de frente.

—Ya, dime que estás enamorado de Dakota —me saltó a la yugular en el pasillo de los camerinos del teatro.

—Para nada —mentí con tanta seguridad que inhabilité su interrogatorio al menos por unos momentos.

—No tendría nada de malo, yo lo entendería perfectamente —me dijo con una voz suave, mustia, como si no la conociera.

—No seas mentirosa, si no te gusta compartir ni tus cremas.

—Claro, porque son carísimas.

—Dakota y yo no hemos hecho nada.

—¿Y entonces qué pretendes? ¿Que te ponga una estrellita en la frente? —dijo, y se metió a su camerino esperando que la siguiera.

No tenía la menor intención de pegar la hebra por lo que para acabar con ese encuentro tan desagradable argüí prisa para entregar el vestuario de una de las actrices nuevas que se había incorporado a la producción.

Mi coqueteo con Dakota pasó de los rozones involuntarios en el hospital a luchitas afuera del camerino de Maura. Yo, a quien de niño los golpes asustaban, tuve que fingir destreza en la lucha grecorromana con tal de no perder la oportunidad de tallarme contra su cuerpo, y aunque parecía que había perdido toda compostura y el control de mis sentimientos me dejé ir. "¡Qué viva la Pepa!", diría mi sacerdote, porque yo me sentía en el nirvana. Me niego a reconocer la existencia del cielo.

A todos los hombres les gusta que los halaguen aunque las palabras vengan de un macho y él no era la excepción.

Nuestra rutina después de cada función consistía en esperar a que le quitaran la peluca a la señora y una vez desvestida le ponía la bata que la convertía en una Margo Channing al sur de la frontera. Entre la rociada de vodka a sus pelucas para limpiarlas y quitarles el mal olor, Dakota y yo nos tomábamos los primeros de la noche hasta que los tres salíamos del teatro entre risas y los halagos de los *fans* que comenzaron a arremolinarse en la puerta trasera. Horas de fotos y autógrafos equivalían a las mismas, pero de carcajadas y confidencias entre Dakota y yo mientras fumábamos mota. Cuando por fin la jauría soltaba a su presa, ritualmente el joven actor desempleado y yo nos incorporábamos para irnos al hotel en el que nos hospedábamos.

—¿Crees que algún día me den una oportunidad en esta obra? —le preguntó esa noche Dakota.

Yo ya le había dicho que perdía el tiempo, que tenía que ir a buscar una oportunidad en otro lugar. Pero él argumentaba que era muy difícil abrir puertas. Maura se hacía la sueca y prefería no contestarle. Sabía que su respuesta podría ahuyentar a la criatura y su partida significaría el fin del pedazo de felicidad que había conseguido.

Y como este no sabía de la misa la media, siguió ahí con su batea de babas. Metiéndose como cuña entre Maura y yo, haciendo más profunda la grieta entre más cariño nos procuraba. ¡Qué paradoja! Sin quererlo, Dakota logró separarnos, aunque seguimos juntos algunos años más.

17

Cortarse las trenzas.
Alzheimer selectivo:
si te conozco no me acuerdo

Ser actriz equivale a reclamar en grado máximo la aceptación. Ni los perros exigen más atención y la consiguiente muestra de cariño. Lo de Maura y Dakota no prosperó; tampoco lo de él conmigo; él estaba más interesado en ser admirado que en admirar, y en nuestro reino solo había un trono, una corona y un cetro.

Se disipó, se esfumó, llámenle como quieran, pero nos volvimos a quedar solos en casa, como matrimonio al que se le van los hijos y sus cuartos se vuelven el estudio anhelado y el cuarto de tiliches al que algún día —te lo juro por Dios— le vamos a poner orden. Y así nos tuvimos que volver a adaptar.

Pero esa pérdida, que yo insistía en recordarle ("¡Maura, qué pérdida!"), le devolvió el brío y la fuerza para entregarse de lleno a otros proyectos. A obras de teatro, personajes y películas que la colocaron como la grande que era. Y así siguió con su carrera ascendente en una casa en las montañas de Hollywood desde donde veíamos el letrero que pronto conquistaría.

La gente le encontraba un parecido muy grande con esa actriz de telenovelas del pasado, pero una perorata mía acababa por marearlos y hacerles perder el interés en sus pesquisas.

La carrera de Maura Montes ya empezaba a dar frutos. Como todo lo que ella hacía, su ascenso fue vertiginoso. Después de salir de árbol en producciones patito en un par de *highschools* en East LA donde aterrizamos, nos cortamos las trenzas y cruzamos el puente a la *Meka* del cine. La incomparable belleza de Maura pasó a chorrearse en las pupilas de un incipiente *manager* que inmediatamente la colocó en producciones que difícilmente llenarían las huecas actrices que representaba. Y no es que sea condición *sine qua non* para ser actriz el tener un bagaje vasto, pero saber la diferencia entre Shakespeare y Chespirito ayuda a entender que la comedia es cosa seria y que la mayor tragedia de Shakespeare no es *Hamlet* sino el que un comediante haya usurpado su nombre en diminutivo. ¡Qué osadía!

No habíamos acabado de filmar nuestra primera película —y perdón por hablar en plural, pero esta vez sí me refiero a los dos— cuando ya teníamos volando en círculos a un par de zopilotes que con la visión de un águila descubrieron los encantos de *Madame*. Se trataba de dos agentes carroñeros, seudoabogadillos de esos que sin ningún talento propio, ni el de integrar expedientes, salen a la caza de actrices indefensas para únicamente complicarles cualquier contratación. Y no es que todos sean así, también hay curas rectos (mancos) y políticos con vocación de servicio (también mancos). Aunque algunos de estos agentes, los más eficientes, no son abogados, todos te hacen las cuentas del Gran Capitán. El que captó su atención, por no decir que logró seducirla (ahí estaba yo para impedirlo), además de ofrecerle que su nombre figuraría al lado del letrero de Hollywood en las montañas de la ciudad del oropel y las alfombras rojas, tenía en su cartera de clientes a otras actrices de menor estatura, pero había encumbrado a la parejita del momento, la que a pesar de que carecía de cerebro al parecer estaba muy *hot* y se involucraba en toda clase de obras benéficas erigiéndose en salvadora del planeta, lo que le había dado la posibilidad de reclamar su lugar en el mundo y sus consiguientes cinco minutos de fama.

En Estados Unidos una situación coyuntural y lo insulso y aburrido de las pieles blancas, los pelos blancos y las mentes en blanco, fueron los ingredientes perfectos para que la bomba sexi explotara dejando una estela de efectos hipnóticos en la industria cinematográfica que la esperaba para triunfar.

Ella se encendió como un reflector. Los contratos empezaron a llover, las ofertas le construyeron una frágil escalera por la que ascendió hasta perder el piso. Yo pasé de ser su amigo y confidente a su empleado, un mal necesario.

Largas horas de trabajo iban aparejadas de largas horas de fiestas, de excesos. Los tabloides y la prensa del corazón hacían sus pininos con una estrella que no supo que al cultivo del espíritu no debe ponérsele pausa. Y Maura dejó de leer, de estudiar, de enriquecerse, aunque fue acumulando bienes. Otra vez su dislexia moral privilegiando lo material.

Pero pronto el regreso a la Ciudad de México la volvería a poner en su sitio. Las pruebas de cámara (*aka screen-tests*), los *castings*, las entregas de premios y los reconocimientos que no son más que el combustible que erosiona el ego, cumplieron su misión.

Porque por más vertical que se pretenda ser, a veces la aspiración a honrar la palabra es empañada por la ostentación de una imagen pública a la que debe rendírsele culto, pleitesía y tributo. Una actriz transita por una línea muy delgada, de la que si pone un pie fuera la ficción que ha practicado toda su vida convierte en deporte extremo cada paso que da: cualquier movimiento en falso es letal y las caídas suelen ser estrepitosas.

18

El absolutismo de una
reina. *El teatro soy yo*

Los largos viajes en avión eran el pretexto ideal para relajarse. Dos copitas de champaña acompañadas de un rivotril nos aseguraban el descanso que en tierra se convertía en jornadas dobles y sin sindicato que me protegiera. El nyquil con cerveza solo lo aplicábamos en casos extremos en los que no podíamos echar mano de la champaña y se nos acababan las recetas de otros ansiolíticos y psicotrópicos. No vayan a pensar que acabé como habitante del Valle de las Muñecas, pero mi jefa con esa personalidad adictiva a la que yo también me había vuelto adicto, lo único que necesitaba era un empujón para cerrar filas; fuimos una combinación letal.

Atravesamos las nubes. En las bocinas se oyó la voz de la sobrecargo y su trillado anuncio.

—El capitán ha comenzado el descenso hacia la Ciudad de México y ha encendido el anuncio de abrochar los cinturones de seguridad… bla, bla, bla…

Maura, que había dejado a un lado de su asiento los audífonos de su iPod, se los volvió a colocar para no oír el aviso de rutina. Los dos íbamos acostados en la cabina de primera clase y yo, claro está, inmediatamente enderecé mi asiento. Así era yo de disciplinado.

Maura, en cambio, fingía fumar con una boquilla y jugueteaba con un anillo de diamantes de gran tamaño que llevaba en el dedo anular. Se lo quitaba, lo sopeaba en su copa de champaña tarareando *Diamonds are a girl's best friend* —se lo acababan de regalar—. Pensé para mis adentros: "¡Qué lástima que no es de compromiso!".

—¡Salud! —brindó conmigo rutinariamente al tiempo que lo chupaba—. ¡Qué tal nos consintieron!

—Normal —le respondí adormilado.

La sobrecargo se acercó para retirarle la copa de champaña. Le enderezó a regañadientes el respaldo del asiento.

—¿Cómo me veo? —me preguntó insegura, para variar—. Voy al baño a retocarme, no me pueden ver así al bajar.

En cuanto la sobrecargo se fue, Maura se levantó y se encerró en el baño. La imagino perfectamente confinada en ese espacio tapando con su *shatush* el detector de humo y prendiendo un cigarro. Dándole varias bocanadas mientras se inspecciona la cara frente al espejo. Retocándose con el *concealer* las ojeras, poniéndose rímel; con el lápiz de labios dibujándose dos puntos en los cachetes que después difumina con movimientos circulares, sacando de su bolsa su *Joy* y rociando el baño. No bien ha acabado su ritual —que conozco de memoria— cuando la jefa de sobrecargos ya está tocando a la puerta.

—Señora, tiene que regresar a su asiento, por favor, ya vamos a aterrizar.

Maura tira el cigarro por el excusado y oprime el botón para expulsarlo. Se quita el anillo y lo guarda en su bolsa; siempre corre el riesgo de que se lo arranquen en los amontonamientos de la prensa en el aeropuerto. Para variar, Maura ignora los reproches de la sobrecargo.

—¡Señora, por favor regrese a su asiento! —La sobrecargo se oye algo desesperada, a lo que Maura reacciona con un "Ya voy" que provoca su malhumor y descompostura. Regresa a su asiento sin dar mayor importancia al mal de ojo que le echa en ese momento la aeromoza, quien la maldice por siete generaciones. Una vez aplacado su nerviosismo con esa dosis de nicotina, se dirige a mí que sigo plácidamente dormido. Esta rutina la hemos repetido incontables veces y ella siempre cree que es la primera vez.

—¡Hey! —me sacude—. ¡No puedes aterrizar dormido! —juguetea conmigo al tiempo que toma un periódico—. Ya estoy pensando hasta en las preguntas que me va a hacer la prensa. ¿Está mal?

—Para nada. Yo ya estoy pensando en qué me voy a poner —le respondo con entusiasmo aunque todavía somnoliento, pecado mortal en el decálogo del confidente: "No mostrarás excesivo entusiasmo", que va justo después del precepto tres: "Celebrarás sus chistes".

—Son clarísimas las señales —me dice y me muestra el periódico—. El artículo menciona a tres directores con los que he trabajado.

—Sí, los mismos que la Orendáin —le respondo.

¡Chin!, otro mandamiento quebrantado: "No mencionarás a la rival ni reconocerás el talento de sus colegas" (dos en uno). Ese mandamiento es uno de los más delicados ya que aunque frente a los medios se comporten como amigas, ellas saben mejor que nadie que a puerta cerrada el mundo del espectáculo es más sádico que el de la política, y más artero que el senado romano en el que al rival se le saludaba con una sonrisa escondiendo la daga en los pliegues de la toga, muy Lanvin, muy *couture*, pero encubriendo la muerte.

El avión tocó tierra y los Blackberries e iPhones comenzaron su sinfonía. Ella no se atrevía siquiera a ver los mensajes, y yo que ya había incumplido tres de los mil mandamientos del confidente no quise adelantarme a ver los míos.

La rivalidad fue la que la mató. La que acabó con su vida pública. El clímax, un titular de un periódico que aseguraba que la Orendáin le había comido el mandado: acababan de proclamarla *Afrodita*. El codiciado nombramiento bienal que no solo se refería a la belleza, que se daba por sentada, sino al genio y al talento en el séptimo arte. Ser o no ser, Shakespeare se había equivocado. Ganar o no ganar, *that is the question*.

Audrey Hepburn, Dolores del Río, Ingrid Bergman, Judi Dench, Greta Garbo, Natalie Wood, Rita Hayworth, Vivien Leigh, son algunas de las histrionas que se han hecho acreedoras a semejante reconocimiento, en estricto orden alfabético. Lista por demás amañada que revela que el jurado está integrado por mujeres y hombres heterosexuales con la consecuente parcialidad y limitación que su falta de sensibilidad conlleva —mira que omitir a Judy Garland, Bette Middler y Liza Minelli me parece imperdonable.

Se trata, aunque para mí carezca de seriedad, de un premio mundial equivalente al nobel de la actuación, que garantiza a la galardonada una vida en el ojo público en compañía de los grandes directores, los guionistas más ingeniosos y las historias más interesantes. Materia prima de un actor y su máxima aspiración. Para colmo, el rotativo inició la campaña lanzando acertijos, buscapiés y señuelos que no hicieron otra cosa que enfrentar a las actrices quienes en cada mención creían conectar los puntos que las harían acreedoras al reconocimiento. Y ese viaje que hicimos a la tierra de Hamlet, en la que siempre me olió que algo estaba podrido, nos trajo la decepción de haber perdido. La gélida tierra nórdica se perdería la fortuna de contar entre sus receptoras, al menos por el momento, a la gran Maura Montes, quien acababa de ser ninguneada por la prensa internacional para darle a otra mexicana, a mi juicio de menor calibre, el reconocimiento.

—Hoy en la noche nos bañamos en diamantes y champaña —le repetía sin poder contener las lágrimas que escurrían a borbotones de sus lentes oscuros. A las estrellas como a las violetas hay que regañarlas de vez en cuando para que floreen, aunque este no era un buen momento. De ahí en adelante empezamos a hacerle el feo a Shakespeare, pero un ruso vino en nuestro auxilio y poco tiempo después ya estábamos otra vez en una marquesina en Broadway comiendo cerezas y pastel en la más reciente producción de *Tres hermanas* de Chéjov, en una versión poco convencional. Ella, hija única, y yo, el menor de doce: fue un reto muy complejo de sortear para la construcción del personaje.

Más tarde, Arthur Miller y Neil Simon la llevaron a la terna para el Tony y a mí a revolcarme con unos cuantos chichifos del *Gaiety*. Los dos ejecutamos nuestros mejores pasos de baile bajo las inmensas *discoballs* de los clubes de la Gran Manzana, hasta perfeccionamos nuestros pasos de baile copa en mano y sin tirar una sola gota de champaña.

19

¡Segismundo Freud,
cuánta vanidad!
Es mi cuerpo y yo me tatúo
si me da la gana

Había pasado mucho tiempo desde que los dos huimos y ni la Iglesia católica ni la familia Cordero querían mover las aguas de un caso por demás zanjado. Bastantes problemas tenía la *Católica, Apostólica y Pederasta* encubriendo sacerdotes por abusos sexuales.

A mi violador lo encontraron bocabajo, desparramado y tieso. Fueron necesarios dos seminaristas y una monja para vestirlo; ella de tanto batir rompope mostró una fuerza que ni los dos seminaristas juntos desplegaron. Lo vistieron como a niño Dios en la Candelaria para que la policía pudiera empezar las investigaciones con un cuerpo del delito menos indigno, como si la sotana dignificara. De mí no había rastro. Me había encargado de borrar cualquier huella que me incriminara y el cura que murió en pecado y en una postura infamante, lejos de la gracia de Dios, no pudo culparme de nada. A fin de cuentas el infarto antes de su clímax le había venido como rayo divino, pecado, castigo, penitencia, el tres en uno y su pase directo ¡ojalá! al infierno. Aunque mucho me temo que esas instalaciones también las van a desaparecer en algunos años el papa y sus secuaces, tan aficionados a manejar el cielo como si se tratara de una agencia de bienes raíces.

No la vi venir. Es responsabilidad del asistente prever todas las situaciones que en un futuro puedan incomodar a la estrella. Pero que este regreso a México fuera a ser tan costoso no apareció en mi radar. Cuando la familia de Julito Cordero se enteró por medio de su servicio secreto que María Linares, convertida en Maura Montes, planeaba un estruendoso y triunfal regreso a México, después de los años de exilio en Hollywood, su tráfico de influencias no se hizo esperar. Llamaron a los ejecutivos de la televisora a la que solían comprar paquetes publicitarios a precios exorbitantes e iniciaron una campaña de desprestigio contra la supuestamente occisa María Linares y la vetaron. Ese recurso tan antidemocrático e infantil (como de niños arrebatándose las cubetas en el arenero), no es sino el símil (en concepto y ridiculez) de la excomunión por apostasía, herejía o cisma que imponen los jerarcas eclesiásticos para excluir de su club y de la eucaristía a quienes violan las normas de la Iglesia.

Su llegada a México, la tierra en la que realmente quería triunfar, la volvió recelosa. La rabia de Maura de saberse *persona non grata* la afectó tomándole un singular rencor a su país, como si este fuera el culpable de ese episodio que la había orillado a dejarlo, y sin embargo la noticia del veto la había colocado en los titulares. Quería abolir aquello de que nadie es profeta en su tierra y aparecérsele envuelta en oropel a la familia que la había despreciado.

Nunca una cicatriz permaneció abierta tanto tiempo sin infectarse.

Fue entonces cuando recibió la invitación por parte de una revista para hacer unas fotos en pelotas, o sea, un "desnudo artístico". Cuando me mandó llamar a su camerino yo no tenía idea de qué se trataba. Me dirigí al sótano del teatro, la puerta estaba cerrada y aunque no estaba acostumbrado a hacerlo, por alguna extraña razón toqué.

—Un momentito —alcancé a escuchar la voz que provenía del interior.

Con la mano en el picaporte anticipaba una sorpresa, pero lo que vieron mis ojos nunca lo hubiera imaginado.

—Adelante.

Abrí la puerta y poco me faltó para salir corriendo a vomitar a todos los hijos de Cronos. Maura acostada sobre una toalla en el tocador de su camerino, enmarcada por la marquesina de focos, convertida en una *window prostitute* de Ámsterdam, en una pose que glorificaría los muros de cualquier Capilla Sixtina o taller mecánico que se precie de serlo, con la salvedad de un pequeño detalle: en lugar de pezones sus todavía firmes pechos estaban coronados por un par de costras sangrantes y supurantes.

—¿Qué te parece? —me preguntó como si estuviéramos hablando de la compra de un par de zapatos nuevos.

Yo estaba helado, atónito. Esta mujer acababa de iniciar el largo camino de la transformación de su cuerpo, el que con un ego desmedido y sin la contención adecuada podría acabar como las reliquias de la santa de Ávila, esparcidas por todo el territorio: las orejas en sendas sierras, la Madre Oriental y la Occidental, los pómulos en el altiplano, las caderas en el trópico y las tetas apuntando eternamente al cielo… Una piel que de tan estirada alcanzaría a cobijar a la cristiandad.

Sin consultarme y considerando que sus pezones no estaban lo suficientemente oscuros, se había presentado en el estudio de un famoso artista tatuador para que se los delineara. Nadie le advirtió sobre el proceso de cicatrización y que ese ritual, también conocido como escarificación, es de culturas con un menor grado de civilización que la mexica.

—¿Eh? ¿Qué te parece? —preguntó quitada de la pena.

—¡Ángela María! —grité como tía de pueblo—. ¿Qué te hiciste, María Linares? ¿Quién te madreó? —fue lo único que se me ocurrió decir.

Esa misma tarde fui a comprarle unas pezoneras. En la tienda, la dependienta no entendía mi afán de seleccionar unas con forma de estrella.

Sus exigencias se estaban volviendo ridículas. Nos tomaba más de cuarenta y cinco minutos a los tres asistentes de producción, al gerente y a mí localizar por toda la ciudad la avena sin gluten, sin lactosa, baja en grasas y sin azúcar que la princesa exigía todas las mañanas sin importar el calvario al que sometía a los que a su simple vista eran invisibles, prescindibles y hasta incómodos. Nada alteraba más el curso de las plácidas mañanas en locaciones fantásticas, edificios antiguos, parajes incomparablemente bellos que las absurdas exigencias de Maura. Cientos de botellas de agua importadas de Fidji para bañarse encabezaban las listas que, avergonzado, tenía que presentar a los productores que querían contar con sus servicios.

Se sentía incómoda en su país, alienada. Empezó a obsesionarse con su físico y desarrolló una adicción al bótox, al que nadie es inmune.

De ahí en adelante una sucesión de desencuentros, en su gran mayoría relacionados con mi negativa a aceptar que modificara su cuerpo, siguieron ensanchando la zanja que empezaba a separarnos. La cotidianidad mata. Matrimonios con actividades rutinarias, amistades carentes de sorpresas y noviazgos aburridos son los ingredientes ideales de cualquier separación.

Empezamos a vernos poco y a hablarnos menos. La complicidad de años se fue volviendo una pérdida. Una realidad que los dos anhelábamos recuperar pero que diferencias irreconciliables impedían.

20

La Biblia en verso,
¿y tu nieve de limón?

Tuve que idear cualquier cantidad de estratagemas para continuar con la vida que merecía con la ley del mínimo esfuerzo. De un asistente se espera todo: buen gusto, estilo impecable, *swing*, onda, mundo, cultura, plática, habilidad para rescatar a la diva de los aprietos en los que su lengua la mete, respuesta inmediata certera, repaso de memoria, explicación de personajes, halago y servilismo frente al director, mano dura con los productores, encanto, sinceridad censurada, porras, jefe de seguridad, *dealer, diet-police*; ser espejo de Blanca Nieves, el Muro de los Lamentos, ir por la tintorería, *check-in* de hoteles, aviones, y saber provocar el vómito, en la más recóndita intimidad, sin molestar la epiglotis de la estrella en cuestión. Pero eso sí, no pida uno boletos para un estreno porque la vieja se sube por las paredes.

Pues me tuve que ir haciendo de mis mañas y mis arreglos en lo oscurito, y para no levantar sospechas algunos favores los pedía a nombre de otras actrices casi tan importantes como la mía.

No hay nada que impresione más en este país que tirar un par de nombres (*name-dropear*). Somos tan afectos a los apellidos *dobles y nobles* (pinches españoles que nos dejaron esa costumbre, junto con las posadas, la rosca de Reyes, los tamales en la Candelaria, el pan de muerto y muchas otras tradiciones atávicas que como no nos mataron nos engordaron. Y por si fuera poco y no ocupáramos más, Dickens nos impone su nórdica Navidad y luego llegan los gringos con el San Valentín, el Día de la Madre, Halloween, San Patricio y San Óscar, el único santo al que Maura y yo somos devotos y conste que es un santo judío).

Maura se había levantado temprano. Todo en su casa estaba patas *p'arriba* como consecuencia de una tertulia que la había mantenido a ella y a una decena de *socialités* bebiendo y cantando hasta altas horas de la noche. Acababa de recibir su primera estatuilla en Broadway y el festejo con el Tony incluyó dos ciudades, Nueva York y México, dos restaurantes y tres casas, para rematar a altas horas de la madrugada en la suya del Paseo de la Reforma.

La emoción de recibir un premio, el aplauso o el reconocimiento es indescriptible. Muy pocos han tenido el privilegio de sentir ese golpe de adrenalina al escuchar su nombre en una ceremonia en un teatro lleno y que a la vez es televisada a millones de seres, quienes se consideran diferentes de aquellos a quienes idolatran sin saber que solamente una línea muy delgada los separa de ellos y la fama.

Escribir los discursos de aceptación de premios y reconocimientos se volvió una terapia para ella, el exorcismo que le permitía la anhelada cercanía con su verdadero yo. El que yo se los puliera o le enmendara la plana solo revelaba los cero grados de separación que existen entre algunos seres.

—Cuando oyes tu nombre, se te nubla la vista, el cuarto se va a negro y el trayecto al podio se vuelve eterno —me decía.

La felicidad solo es proporcional al odio y a la frustración de las nominadas que no se llevan la presea; todas esbozan sonrisas ficticias; aplauden aplausos insonoros; dan abrazos que no abrazan y besos que no besan; pero la sensación de triunfo no se compara con nada, acaso con el amor, o con un orgasmo, con el rapto místico, la iluminación y el nirvana perfumados por el olor a cuero de los zapatos nuevos y el de los coches recién salidos de la agencia.

De niño nunca estrené, siempre me pasaron lo de mis primos y hermanos, y mi primer coche fue un *vochito* que me heredaron unas tías. Por eso nunca perdí el piso, ni en las alfombras voladoras en las que acompañé a la Montes por el mundo entero en sus años de gloria.

21

Muñequita de sololoy
(*celluloid doll*),
diva-estrella-luminaria-
artista-*celebrity*-actriz

Maura siempre supo medir la temperatura emocional de su público. Era tan inflamable como el celuloide, ese material plástico del que están hechos los rollos de las películas: nitrocelulosa y alcanfor. Además de que era celópata de cepa, acepción que me hizo entender su vocación de actriz, de muñequita de sololoy.

No es lo mismo el *doble* que el *stand-in*, aunque los dos están en el penúltimo escalón de una producción cinematográfica, solo el *extra* se sitúa un peldaño más abajo. La película que estábamos filmando tenía, además de un nutridísimo equipo de dobles porque se trataba de un *western* con mucha acción y muchas pistolas, una *stand-in* que presumía ser la doble de Maura ("No te confundas, chula", le dije un día, "¡ni te pareces a Maura, ni eres su doble! El *stand-in*, como su nombre lo indica, solo se para en su lugar para que iluminen el set y hagan foco").

Yo siempre le he sacado a las pistolas, pero mi *jobdescription* incluye el cumplimiento a cabalidad de cualquier actividad solicitada por la diva-estrella-luminaria-artista-*celebrity*-actriz —llámenle como ustedes gusten y manden—, y esta película exigía el manejo eficiente de un revólver, por lo que Maura y un servidor nos presentamos a las prácticas de tiro y a las explicaciones del manejo de armas en el set con gran entusiasmo.

Las prácticas resultaron muy liberadoras y catárticas. No hay nada como darle de tiros a una silueta a la que uno le pone el rostro. En más de una ocasión mi blanco era la mismísima Montes; en casi todas las sesiones podía yo adivinar en la cara y la puntería de Maura el retrato hablado de Julio Cordero, Minina, su madre, y demás progenie.

La había notado rara, esquiva y sentía que me estaba ocultando algo cuando salimos de su tráiler apurados por un competente y obsequioso asistente de dirección, de esos capaces de amansar fieras. Íbamos a filmar una de las secuencias finales de la película, un duelo. Los ánimos se habían caldeado. Llevábamos meses filmando en esa locación polvosa, con un changarro a ciento veinte kilómetros de distancia por todo vestigio de civilización, que hacía las veces de centro comunitario, centro cultural, restaurante de lujo, sede de las reuniones de Alcohólicos Anónimos y de los testigos de Jehová. Lo que al menos mantenía a Maura en el anonimato y blindada de la prensa sensacionalista hasta que regresara triunfadora a las carteleras.

—¡Solo un poquito! Te lo juro, una talla… —animada por un par de tequilas que se acababa de tomar en su tráiler me confesó su intención de hacerse una liposucción. El quirófano es el escondite de la vejez, juego al que tarde o temprano todos queremos jugar.

—Aquí no, Maura. ¿Podemos hablar de esto en el camerino al rato? —le contesté con prudencia y proseguí (había más de tres pájaros en el alambre)—: Porque además no te creo, jamás vas a aceptar que te reduzcan solo una talla, ya en la plancha vas a decir que como vas a hacer una serie de televisión y la televisión engorda, que te quiten dos o tres tallas, y además no lo necesitas, al menos todavía —continué. Estaba espléndida. Un pendejo (aunque suculento) extra le había pellizcado una lonjita en un abrazo y la había mandado a la lona. A mí a esas alturas ya no me engañaba.

—Para ti es muy fácil decirlo porque tienes, ¿cuántos años? ¿Diez menos que yo? Y eres güey. ¿Y quién es la que da la cara? Algún día tú también te la vas a acabar haciendo. Además, me va a llevar a una clínica en la que le dan excelente precio.

—Sí, y por hacérsela a ti y a otras tres actricitas que representa, a él le van a poner pantorrillas y pectorales. ¿Cree que soy pendejo o qué?

La rémora que se nos había agenciado como representante le acababa de endulzar el oído con las palabras mágicas: talla cero.

—Eres un egoísta y un desagradecido ¿No puedes pensar en mí y en mi carrera?

—¿Tu carrera? ¿De qué me hablas si apenas está empezando de verdad? ¿No puedes pensar que te estás volviendo interesante? ¿Que estás dejando de ser una pendejita más, una estrellita y por fin te estás convirtiendo en actriz?

—¿Por fin? ¿Por fin? ¿A qué te refieres con "por fin"?

—A que por fin los productores se fijan en ti por tu talento y no por tus tetas.

—Pues tú eres un cretino envidioso que siempre ha querido robarme mi lugar.

—¡No necesitas un cirujano, lo que necesitas es un *psiconanalista*!

Y no me equivoqué, acababa de dispararse en automático una dislexia selectiva.

—¡Lo que necesitas es un psiquiatra-nana porque yo ya estoy harto!

Se hizo un silencio incomodísimo. El set, al que entramos sin darnos cuenta enfrascados en nuestra discusión, se oscureció y un haz de luz se posó sobre Maura, quien estaba de un lado del ring, y otro más sobre mí. Los dos habíamos perdido toda compostura olvidando por completo que estábamos en plena filmación.

Me di la vuelta para irme con una profunda impotencia al ver que mi amiga, mi hermana, mi cómplice, perdía el piso. Estaba a punto de abandonar el foro cuando sentí que me perforaban el alma.

—¡Maldita! —fue lo último que escuché con la detonación que ensordeció al equipo de filmación convertido en el respetable público.

22

Front row seats.
Efectos especiales,
tirando salvas

El instante se congeló, el tiempo comenzó a alargarse, a reblandecerse. Ahora el que perdía el piso era yo, que caí de hocico en el suelo. No tuve tiempo ni posibilidad de meter las manos y el madrazo fue contundente. El golpe de mi cuello, que tronó como una vara de ocote seco, se escuchó en el foro a prueba de ruido, frente a la mirada atónita del equipo de filmación. La pistola, aunque de salvas, había sido accionada con demasiada proximidad y el impacto de la descarga sacó de su eje a la quinta y sexta cervicales del asistente convertido en fiambre.

La conmoción que siguió me la tuvieron que contar porque aunque mi cuerpo estaba ahí, mi espíritu había hecho mutis. Tardé muchos años en saber que aunque el cuerpo exánime (aún animado) del asistente fue atendido con diligencia por un cuerpo de paramédicos, el verdadero drama se dio tras bambalinas, y concretamente en el *camper* de *madame* Montes que reaccionó como Celia en *Ustedes los ricos*. Dicen que solo le faltó gritar "¡Torito!".

Y de ahí *pa'l* real nos dejaríamos de ver. Ya era mucha intimidad, muchos los insultos, me había metido hasta la cocina y ninguno de los dos sabíamos cocinar. Eso pasa cuando uno tiene tanta información: se vuelve peligroso. Me encanta referirme a mí mismo como "uno". Eso también me lo enseñó Maura, quien me decía "Que no la jodan a una" cada vez que sacaba sus pistolas para comerse el mundo. Pero no la podía perdonar, al menos no en ese momento. Si casi me deja parapléjico, la cabrona. Aunque sus abogados argumentaron que fueron lesiones culposas y sin agravantes, una cosa es que la perdonen las leyes y otra yo, que tardé mucho en recuperarme. Y no es que nos fuéramos a juicio. Su *agent*, que para ese entonces ya se la había torcido, le aconsejó protegerse de una eventual demanda. Yo más tieso que Lucha Villa y su agente pensando en joderme aún más. Hay gente que nada más no sabe de lealtad.

Después de cierto tiempo uno se vuelve muy tolerante con las amigas. Si a la familia, que no la escoges, le tienes que perdonar todo, pues más a los amigos que son en el fondo tus parientes por elección. Como cuando eliges la verdura en el mercado. ¿O a poco me van a decir que uno escoge aguacates pasados para los berrinches? A Maura tarde o temprano la iba a tener que perdonar, pero qué ganas tenía yo de seguir haciendo mi muina. Porque un balazo es un balazo. ¿O me lo van a negar? Ahí sí no cabía el "perdón, se me chispó".

23

Above the line, o de cómo
mi electrocardiograma
indicaba que la había librado

Otra vez en el hospital en menos de dos años, pero esta vez por un arranque de ira y la falta de control de mi empleadora, quien se ahogó en su culpa.

—¿Cómo sigue? —la escuchaba preguntar a los médicos todos los días, mientras yo estaba en un coma inducido en terapia media porque el peligro pasó rápidamente, aunque las facturas lo hacían despacio.

Ella hizo guardia todos los días durante mi convalecencia. No dormía, no comía. Se la pasaba sentada en una silla frente a mi cama. Ensayó todos sus papeles en el cuarto del hospital. Por recomendación del médico me leyó todos los días.

—Contéstame —me suplicaba—. No te hagas el dormido —me decía lastimera—. Me choca que me hagas la ley del hielo.

Y yo que en vida le aguanté todas, en mi coma inducido no estaba tan seguro de creerle. Su arrepentimiento, si bien era sincero, contrastaba con su exigencia de mi pronto restablecimiento. Estaba convencido de que se trataba de un acto más de egoísmo suyo, ya que a pesar de estar en coma exigía mi atención.

—¡Me tienes que contestar, cabroncito! Ándale, que sin ti no puedo. ¡Me siento fatal! —lloraba.

El acto físico, el arranque de ira que culminó con el balazo podía perdonárselo, pero la insistencia en mi recuperación para lavarse la carita, eso sí ya no. Yo seguía en *mute* para que no oyera ni mis pensamientos: "Qué fácil disparar, ¿verdad? ¿Intentas matarme y pretendes que te perdone?".

Yo estaba *above the line*, más allá, y un ramo de flores agotó mi paciencia y la incondicionalidad de mi cariño. "Hasta aquí llegó mi amor", recordé a la actriz de aquella carpa de circo el día que la enfermera llegó con un ramo de flores espectacular. Maura lo recibió y reveló una faceta que siempre preferí no conocer ni enfrentar: la envidiosa. La hermana menor de la vanidad hacía su entrada en escena en la que mi cama de hospital se había vuelto una extensión de mi cuerpo.

Maura buscó entre el follaje la tarjeta y su cara lo dijo todo. La leyó y la rompió en pedazos; después colocó una propia en el ramo y lo dejó en una cómoda del cuarto. No supe nunca de quién era el ramo pero por su cara supuse que sería de Dakota.

Cuando por fin me recuperé tuve que escapar. Ya nos habíamos hecho demasiado daño y yo no veía que ella fuera a ceder en su continua exigencia de atención, por lo que cuando pude volver a moverme fingí una extensión de mi coma. No fue difícil, tantos años de ver telenovelas en las que tiro por viaje hay una accidentada o un jodido enfermo terminal, además de que le ensayé a Maura tantas escenas de cama, pero de esas camas que se reclinan, no las porno. Esas las ensayó con sus amantes y dicen que los ensayos le salían mejor que las funciones, reclamo generalizado en el gremio de los actores.

El día que el cansancio y la desesperanza la vencieron y se quedó dormida, me arranqué el suero, y con bata por toda vestimenta, seguramente enseñando el culo, salí del hospital y no la volví a ver. Ese fue mi adiós. Así dejé a la *good-bye girl*, a la Montes, quien se había quedado dormida velando el sueño de alguien que según los médicos ya no estaba.

¿Y que cómo perdió todo? Muy fácil: cuando me perdió a mí, su ancla, la *bas* (uno, dos, tres por mí y por todos mis compañeros). Yo fui su verdadero amor, su única historia de amor, las demás fueron aventuras, juegos, pasatiempos, calenturas. Bueno, todos menos Onassis.

Onassis fue, a *grosso modo*, el mecenas de Maura. Ni se llamaba Onassis —que así lo bauticé, ya saben que a mí se me da lo de los ritos y los apodos— y en realidad no fue su mecenas, pero era petrolero y se enamoró a tal grado de ella que hasta bautizó un buque con su nombre.

Y así se fue apagando; poco a poco el mundo dejó de reconocer su talento; los focos de su anuncio luminoso se fueron extinguiendo y fue perdiendo su lugar hasta que tuvo que actuar en teatros cuyas marquesinas ostentan fechas y onomásticos de gestas sindicales en lugar de nombres propios.

No acabó la película. Los productores la amenazaron con reemplazarla y volver a filmar todas sus escenas si no acudía a una junta para solucionar el problema, y cuando supo que me escapé se volvió loca. Se sentía abatida. Ya no estaba para ser el centro de atención ni para entretener al respetable público con el comentario atinado, la respuesta oportuna, las risas grabadas y la cara de espejo.

A las llamadas de productores siguieron negativas y largas. Y se volvió escurridiza.

24

Saquen sus pañuelos,
o cuando la puerca
torció el rabo

Maura estuvo a la deriva. Fueron muchos años de películas tristes y cine silente. Se convirtió en el retrato hablado de una artista que cae de la cima. Alcohol, drogas, calmantes que no calman empezaron a ser los personajes favoritos de la fotonovela en la que se convirtió su vida. Los tabloides y las revistas del corazón hicieron un banquete con ella hasta el día en que se presentó hecha una facha en el cumpleaños de Onassis. Está bien, del excéntrico petrolero, Grande de España, quien acababa de heredar la fortuna de su familia y a Maura (ahorita les explico).

El millonario se había refugiado en México hasta que pasara el vendaval de un escándalo financiero que salpicó hasta el Palacio de la Zarzuela, y al ver a Maura, quien ahora "salía" de *junkie*, quedó prendando de su belleza y de su evidente fragilidad. Él se volvió loco y ella se dejó sacar del basurero. La levantó del piso con una espátula y la llenó de afecto. Él tenía su propia grieta y la luz de Maura sirvió para sanar su herida. Nunca le pidió nada a cambio; no le exigió nada, sabía que Maura estaba hecha para cosas más grandes que el amor y aceptó con resignación su presencia aunque su vida se hubiera vuelto una misa de cuerpo presente.

El sexo era medianamente cumplidor, pero ver resurgir la belleza de Maura con los regalos, las joyas, las casas y los billetes con los que a diario la llenaba como si se tratara de una piñata, lo colmó de satisfacción. Pagó todas las operaciones que ella le pidió. La llevó con los mejores cirujanos y Maura acabó como un Airbus 380 ensamblado en todo el mundo. Sus partes delanteras las hicieron en Hamburgo con una abdominoplastia con la que le remodelaron y reafirmaron el vientre; el *body lifting*, la dermolipectomía y la mamoplastia, o sea, las "chichis", se las hicieron en Gran Bretaña, concretamente en Broughton y Bristol. Las nalgas en Getafe, España, y en Toulouse le corrigieron el mentón cuando fue necesario. Dermoabrasión y laserterapia en Argentina, y en Brasil le afilaron la nariz y le hicieron la ritidectomía. La blefaroplastia, que le rejuveneció los párpados abotagados por el alcohol y le quitó las bolsas de grasa acumulada por las desveladas, se la hicieron en Suiza. Su transformación culminó con una vaginoplastia que la dejó como de quince, muy cerca del himeneo; esa ya se imaginarán que fue la moneda de cambio con su mecenas.

Todo por capricho propio, con los fondos y la venia de un enamorado que quería a toda costa complacerla y lucirla como un trofeo. Él sabía que ni todo su dinero le habría alcanzado para procurarse una diva en el pináculo, por lo que la estrella caída le hizo a un lado los obstáculos.

Para evadir la cárcel cuando el escándalo de su *Ponzi scheme* y asociación delictuosa con un usurerillo de pacotilla alcanzó proporciones épicas y sacudió a la sociedad financiera, Onassis tuvo que desaparecer de la noche a la mañana dejando a Maura instalada en una mansión que le compró en las Lomas de Chapultepec. Una carta y un tráiler con un cargamento de cajas de *Joy*, el perfume al que olía cuando la conoció, por toda despedida, explicaban el motivo de la huida repentina y el sacrificio de dejarla para no implicarla. Maura escondió la carta de adiós detrás del retrato de Onassis en un marco de plata.

Después de ese incidente se encerró como tantas: la Garbo, la Bardot, o desapareció como otras: la Vélez, la Monroe... la cosa es que no se volvió a saber de ella.

25

Ma non troppo vero.
Quien no te conozca
que te compre

Ella dejó de existir, al menos como la conocíamos. Los años y algo muy jodido en su interior la llevaron a continuar con tratamientos para rejuvenecer. Los últimos en regeneración celular, células madre... Los hilos de oro ya se le habrían fundido en un centenario.

Antes de meterse en la congeladora se hizo fotografiar y pintar, tal vez a manera de despedida. Su adicción a las cirugías plásticas, que no era más que el reflejo de su temor a envejecer, a dejar de ser querida, la llevó a encerrarse. Cubrió todos los espejos de su casa y ordenó a las muchachas del servicio que se abstuvieran de limpiar la plata, salvo el marco en el que guardó el recuerdo de Onassis, gesto que celebraron y agradecieron a pesar de no entender el verdadero trasfondo de la instrucción.

—A mí retrátenme pero joven, no con perfil de *soufflé* —decía.

El día que un famoso artista la pintó, se encargó de llenar la cabeza del artista de halagos con tal de que el retrato no resultara *troppo vero*, como aquella famosa pintura de Velázquez de Inocencio X, en la que la destreza del pintor retrató hasta la desconfianza del papa.

Un magnífico retrato de ella de Cecil Beaton colgaba en el *foyer* de la residencia en la que deambulaban a sus anchas gatos y un ejército de criadas comandado por Aurelia, la chica que desde otro ángulo ocupó mi lugar: esa extensión de su voluntad uniformada, almidonada y que bajo esa pulcritud llevaba siempre lo que a juicio de *madame* Montes era un esperpéntico suéter de Chiconcuac que hacía que sus protuberancias se pronunciaran y clamaran libertad. Además, Aurelia se persignaba cada vez que pasaba frente al retrato de Onassis, Grande de España, agradeciendo el mecenazgo, porque también había heredado a las chicas del servicio.

—Gracias, patroncito —repetía su oración, frustrada de que Maura le hubiera prohibido prenderle veladoras.

—No es para tanto, Aurelia, el hombre es un prófugo de la justicia —le reiteraba.

Aurelia era muy friolenta y desde su llegada a la vida de Maura y a ese congelador de las Lomas de Chapultepec el frío le calaba los huesos acostumbrados a tierra caliente. Mantener las habitaciones particularmente frías, además de conservar sus pieles tenía como objetivo conservarla a ella. La genética había demostrado ser muy generosa pero desconfiaba de la duración de esa bendición que poco atribuía a Dios. No era creacionista por lo que estaba segura de que algún día el *big bang* estallaría en su cara convirtiendo su otrora perfecto y anguloso rostro, el que Cecil Beaton comparó con el de una

Marlene tropical, en un desastre solo equiparable a la corteza de nuestra pobre Tierra, llena de imperfecciones, protuberancias, cráteres y vellosidades. La infalibilidad de la vejez por encima de la infalibilidad papal que pretende que sigamos pensando que Eva fue creada de una costilla de Adán. En todo caso, Maura empezó a sentirse bíblica el día que, para reducir la cintura, se quitó dos costillas que dicen fueron cocinadas con salsa *barbecue* en un asado de un *fan* argentino en una azotea de la Condesa.

26

Belleza prevaricada.
El expediente en el espejo

Las malas noticias viajan velozmente, y para las que no lo hacen se inventaron las televisoras y Twitter que subsanan cualquier retraso. La dolorosa derrota que sufrió en ese último *round* que peleó al tú por tú con sus contemporáneas la tomó por sorpresa en un momento inesperado y anticlimático: una vieja necia perpetuando su juventud que arrepentida de su exilio autoimpuesto pedía una última oportunidad.

Santo que no es visto no es adorado, y ella añoraba el cariño de sus admiradores. Ese amor ficticio que no es vinculante y que a manera de un monólogo solo requiere de uno de los lados para florecer. El único y verdadero *yang*, sin el *ying*. Nada más occidental, edulcorado y aséptico.

Añoraba firmar autógrafos, que los *flashes* de las cámaras la rozaran, que los micrófonos la acariciaran. Todo aquello de lo que un día se quejó, de lo que huyó, regresaba a sus pensamientos vestido de anhelo. Al cerrar las persianas al amor, su corazón ahora solo funcionaba con la ayuda de pastillas recetadas por un médico al que también se negaba a acudir, y al que engañaba como se miente al sacerdote en el confesonario. Es ley sabida que la consecuencia de engañar al enterrador es aparecer, en caso de exhumación, con gesto de desesperación, los pelos arrancados y el forro de la caja hecho jirones, además de que la única verdad que no hay que ocultar al camillero a la hora del accidente es la cantidad de droga que circula por el sistema.

El tiempo transcurría y ella religiosamente se sentaba junto al teléfono a esperar la segunda llamada. El veredicto por el que volvería a vestirse y a salir de su encierro. La llamada ataviada de premier, de guion, un vestuario que anhelaba volver a ponerse.

Oprimió el botón y el sonido del interfono perforó el silencio de la casa.

—¡Aurelia! —llamó a su dama de compañía.

—No está, señora —la voz de una de las empleadas domésticas se escuchó con claridad.

—Que baje.

Eso resumía a Maura, la mujer en un solo lado de la vida.

Cuando al fin Aurelia se reportó, le pidió que le sacara uno de sus corsés. Se volvió a vestir con el único vestido que le hacía cintura. Se miró al espejo. Ahora su belleza pervertida le escupía mientras se escuchaba en su habitación el ruido de la televisión encendida en uno de esos programas de espectáculos que vomitaban chismes que tanto la irritaban.

La noticia no se hizo esperar. La cara de la Orendáin en la pantalla se reflejaba en el espejo al lado de la suya, que con cada palabra se descomponía confirmando sus sospechas.

Una entrevista con una sonriente y victoriosa Lucecita Orendáin volvió a sumir a Maura en la depresión que se negaba a reconocer. El papel no era de ella. Otra vez el rechazo que inició su crisis y culminó con mi muerte precoz. Y así empezaron las horas Freud, esas que a diferencia de las horas humano duran mucho menos. Esas horas a medias aunque resuelven problemas completos. Fue revisando su vida, sus errores. Se preguntaba en qué momento había dado el golpe de timón.

Empezó a sentir que se le acababa el tiempo y que no se podía quedar así. Tenía que hacer algo para quitarle el papel a la Orendáin. Lo que fuera.

27

Tuit funerario,
esquela cibernética

Una coincidencia, un tuit perdido en el ciberespacio anunció el repentino e incomprensible asesinato de Lucecita Orendáin, la primerísima actriz que se había quedado con el papel tan anhelado por Maura y las demás actrices de su generación. De manera inexplicable había sido asesinada por una descarga de plomo en el set de filmación. Y como una broma macabra del guionista supremo, el papel interpretado por un desconocido actor convirtió a Dakota, con el accionar del gatillo, en el presunto asesino, y a la escena del guion en la escena del crimen.

Todavía no acababa de enfriarse el cuerpo cuando un indiscreto despachador de morgue ya estaba haciendo las delicias de la prensa sensacionalista. En un desesperado intento por reivindicar el nombre de su corporación en un caso que podía volverse tan mediático como el de la mataviejitas, dos agentes de la policía iniciaron las pesquisas para detener a Dakota.

El cadáver de la actriz, que se había desplomado en el foro, tenía un impacto de bala y el arma homicida había sido accionada por su coprotagonista, quien salió huyendo al descubrir que el arma en sus manos no había tirado salvas. Había sido imposible localizarlo por lo que recurrieron a los productores de la película que la actriz protagonizaba al lado del ahora famoso actor. Su presunta culpabilidad logró lo que su talento no había hecho en años: ponerlo en las primeras planas.

La última versión de los noticieros y programas de espectáculos, tan proclives al escándalo y a magnificar las penurias del género humano, que de haberla visto habría despertado la verdadera ira de Maura, hablaba del accidente sufrido por su colega y la consecuente difamación de su nombre al relacionarla con el asesino.

El esfuerzo para salir de su retiro había sido titánico, el rechazo repetido, el no latente al que están sujetos los actores había vuelto a hundir su alma en la profundidad ignominiosa del olvido. Ese paraje al que se había retirado para apagar en vida el *switch* de su propia luz. Esa agotadora exposición y el vivir extendiendo autorizaciones para ser despedazada la habían doblegado en el pasado, y esa sensación había vuelto para atormentarla una vez más. Solo el reconocimiento del público, el aplauso como aguacero, podía calmar el desconcierto que el constante escrutinio le provocaba.

No soportaba que su nombre fuera jurado en vano. Se había apropiado del segundo mandamiento para impedir que la prensa voraz destazara lo que a su juicio era su único legado: su nombre. Once letras

que sonaban a misterio, música, fanfarria, retiro anticipado… leyenda.

28

Cabeza de turco.
¡Presunto famoso,
de ninguna manera!

Esa madrugada Dakota tocó a la puerta de la casa de Reforma con desesperación. La disyuntiva era el exilio o la incertidumbre de entregarse: interrumpir su carrera, que por fin cobraba altura, para iniciar otra de resistencia huyendo de la policía. En los periódicos del día el relato escalofriante de la muerte de la actriz lo incriminaba sin el menor recato. Todo se acomodó en su contra. Sus huellas digitales aparecieron en la pistola. La justicia pisaría fuerte. Sería imposible probar su inocencia con toda esa evidencia y la mirada atónita del equipo de filmación al ver a la Orendáin desplomarse. La decepción de verse actuando a su lado, posponiendo su reencuentro en el set, ahora en igualdad de circunstancias, con la Montes, había provocado su animadversión hacia la actriz (secreto que a nadie escapaba). ¿Pero asesinarla a sangre fría?

Aurelia abrió el zaguán de la casa a regañadientes. No era muy amiga del timbre y menos a esas horas de la madrugada. Lo que vio al abrir la puerta despertó de golpe sus atolondradas neuronas. El actor había perdido toda compostura. Estaba demacrado. Lejos quedaba el galán de *jeans*, tenis, camisa y chaqueta de cuero que lo habían catapultado como modelo de anuncios de calzones, y más lejano aún el actor de las fotos que algún día pretendió a la señora. Rogó a Aurelia que lo dejara entrar. No estaba dispuesto a aceptar lo que siempre había temido, que le negaran la entrada a la casa de la Montes.

—¡Necesito que me ayude! —Su cara suplicaba más que sus palabras.

Ella, a pesar de la oportunidad de poder ejercer en ese momento su pequeño poder y vengarse del amor que le había negado a su patrona, no pudo rehusarse a sus insistentes y genuinas súplicas, por lo que a regañadientes y librando en su interior una batalla, accedió a ayudarle.

—No quiero que despiertes a Maura, pero necesito dinero. ¡Tengo una emergencia! —Su voz había perdido toda elegancia. Escondidos tras un murmullo estaban los melodiosos tonos con los que sedujo a Maura. Sabía que Aurelia manejaba a discreción sus fondos y chequeras, y muchas veces sin la menor discreción.

Estacionado frente al inmenso portón de la casa se encontraba un taxi con las luces y el motor encendidos esperando al fugitivo. Había escapado de varias relaciones amorosas con la misma facilidad con la que hoy hacía mutis.

—Te juro que yo no fui, fue un accidente —y Aurelia se apiadó de él. De lo sucedido y el préstamo no dijo esta boca es mía. Tampoco preguntó nada. Entre menos supiera se encontraría a salvo de los interrogatorios de Maura. Las historias que su patrona le había contado sobre Dakota y un par de telenovelas lo habían convertido en alguien cercano. En alguna ocasión se encontraron en un foro de televisión y se lo presentó como el amor de su vida.

Maura, siempre tan actriz, tan histriónica.

29

Una nube de leche,
un charco de sangre
y la PGR frente a una
taza de Limoges

Así, las indagatorias y la imposibilidad de la policía de aprehender a Dakota apuntaron a la casa de Reforma y a otras residencias de la ciudad, y a la mañana siguiente Maura —quien acostumbraba dormir sentada apuntalada por sus cojines de plumas y materiales con los que se revestían las paredes de los ya descontinuados transbordadores espaciales, incapaz de jubilar a ninguna de sus almohadas— se levantó con un sobresalto: el teléfono había retumbado en su cabeza perforando un boquete en el muro que levantaba ("¡Lo de siempre, Aurelia!") ese coctel de ativán, rivotril y lexotán que con dos coñacs se empinaba diariamente para, según ella, no molestar a las chicas del servicio a medianoche.

En cuanto pudo mover sus miembros aletargados por ese desfile de barbitúricos que recorrían su sangre como travestis en el malecón de Veracruz, se levantó de la cama, se enfundó en una elegante bata de satén y llamó a su asistente sin ningún pudor ni recato.

—¡Yeya! —El eco de su voz retumbó en la casa del Paseo de la Reforma. A toda velocidad, como animadas por una alarma contra incendios, las luces de la casa comenzaron a encenderse y las cortinas se corrieron como por arte de magia.

Poco más tarde, la nube de leche de su té crecía en cámara lenta en el líquido ambarino de la taza de Limoges. Así se había ensanchado el charco de sangre en el que nadaba el cuerpo de su hasta entonces rival cuando cayó muerta. Los minutos pasaban con lentitud. Ese careo la importunaba más que las indiscretas e imprudentes preguntas de su peinadora (era un suplicio soportar su voz cada tercer día cuando la peinaba). Pero hoy la voz que la torturaba era la de un vulgar y prepotente agente de la PGR que seguía insistiendo en las pesquisas para resolver el crimen que se había cometido en contra de su "amiga y rival", la Orendáin. La impunidad, ese hábito que se pretendía erradicar en campañas publicitarias y panfletarias, se había convertido en la bandera del cuartel al que estaba adscrito el teniente, bandera bajo la cual se cobijaba como consigna de honor su actual director, por lo que no le quedaba más a este obeso, sudoroso y repulsivo agente de la policía que fingir diligencia en las diligencias.

30

Rézale a santa Marta,
la patrona de las cocineras
y las lavanderas.
¡Échenles agua!

Maura no se imaginaba que pronto una prisión la acogería para que con rabia y la poca fuerza que le quedaba se aferrara a los barrotes de una celda en el oriente de la ciudad.

Nada más humillante en su vida que ser transportada en el asiento trasero de una patrulla y que para evitar ser captada por las cámaras que ya hacían su agosto con la noticia del ingreso al penal de Santa Marta Acatitla de esta mítica figura, la llevaran agachada y cubierta con una chamarra. El olor de la mortaja era tan insoportable como el de la celda que pronto compartiría con varias internas e indiciadas. Todas contendientes para el papel de *Réquiem para una estrella*: la Trueba, la Flores, la Fábregas, la Jurado, la Cuevas, la Sanz... Todas clamaban y juraban su inocencia. Nunca se sabe qué es más dañino, si el clamor o el silencio. La celda de la noche a la mañana se convirtió en un gallinero, montaña rusa de emociones fingidas y hormonas sintéticas. Los días que duraron los careos se transformaron en un laboratorio de actuación del que emanaba un sonoro cacareo. Un experimento macabro que después dio origen al *reality Divas en la cárcel*.

Así se encontraba Maura, pensando en el escarnio al que sería sometido su nombre sumado a la lista de asesinas y ladronas de apellido compuesto y cuello blanco, cuando comenzó a limpiar, frente a la mirada inquisidora de sus compañeras de encierro, la plancha de cemento que sería su cama. Sentía que se asfixiaba y que moriría de frío en ese espacio tan reducido y sucio. De cinco estrellas a menos cinco grados centígrados, pasando por una rigurosa calentadita a manos de unas custodias encimosas. Maura tomó un pedazo de periódico que se encontró en el piso de la celda: para colmo, la foto de la Orendáin en primera plana la acompañaría hasta en la cárcel. Lo estrujó y lo estiró planchándolo sobre la losa de cemento que se antojaba cómoda a consecuencia del cansancio.

—Qué bueno que no nos dieron el papel, en lugar de la cárcel estaríamos muertas —decía la Trueba.

—¿Crees que el tirano siga con la película, crees que se atreva a tentar a la muerte? —Preguntó la Sanz. Porque ese papel ha de estar maldito —concluyó.

—Qué va estar maldito. Mejor cállate y déjame dormir —protestó Maura desde su plancha de concreto.

—Que lleven a un padre o le hagan una limpia a esa película —lloriqueó la Flores.

—¡Seguro fuiste tú! Era tu única manera de conseguir el papel —terció Maura.

Los diálogos de las actrices se escuchaban en los pasillos de la cárcel como si se tratara de una telenovela, lo que hizo las delicias de internas y celadoras, que aprovecharon para fotografiarse con sus estrellas.

Maura estaba perdiendo la paciencia.

La Trueba fue la primera de las *Siete mujeres* en ser liberada, por lo que quedaron *Seis personajes en busca de autor*, hasta que soltaron a la Sanz. A las *Cinco mujeres con el mismo vestido* siguió la excarcelación de la Flores, la Fábregas y la Jurado, *Las tres hermanas* de Chéjov. La Cuevas y la Montes pasaron unos días más hasta que en la celda solo se escuchó un monólogo. Como la canción de los perritos: "...de las siete que tenía, de las siete que quedaban, nada más quedaba Maura, Maura, Maura...".

Maura, quien pisó la cárcel sin manchar su plumaje, fue la última en ser liberada al desestimarse las pruebas contra ella. Aurelia, su incondicional empleada, quien sin querer, al facilitar la huida de Dakota había allanado el camino a la libertad de su patrona, corroboró sus coartadas, perfectamente congruentes, mismas que le abrieron las puertas de la prisión y le permitieron ese último recorrido por el túnel hacia la libertad, sensación equiparable a la de caminar por la alfombra roja de una mala película, o el inefable *walk of shame*.

3 1

Los mismos perros
con distintos collares.
Lo único en secuencia es el
vestuario, Valentín Pimstein

Una vez liberadas, ella y sus colegas de generación, al enterarse de que se acababa de abrir de nuevo la temporada de patos, se formaron y levantaron la mano una vez más. El director de la película, Boris Villadiamante, aprovechándose del dolor ajeno volvió al mercado por la protagonista de la historia utilizando como ardid publicitario la muerte de la actriz que acabó hasta homenajeada de cuerpo presente en el Palacio de Bellas Artes.

Los productores y directores de cine, como su nombre lo indica, son despiadados. Boris no se tocó el corazón y enfrentó entre sí a las divas para lograr una mayor publicidad luego de un tortuoso compás de espera. Ninguna aceptaría el papel después de lo ocurrido. Los egos enfrentados se engordan como hígados de pato confinados en sus jaulas, pero como los últimos serán los primeros, el papel se lo dio a la última en salir de prisión.

La audición de Maura, en la que ni siquiera había estado presente, le reveló su nueva elección, y al ver los videos con los ojos inyectados de sangre intuyó en esa actuación el Óscar que tanto anhelaba. Así fue como la contrató. Así fue como la sacó de la basura, o de la *poubelle*, como ella decía.

El júbilo empañó los vidrios de la casa de Paseo de la Reforma. Ese festejo, se los digo yo, no tuvo comparación: la vieja se puso bizca, a dos de un ataque y sin remordimiento de haber roto toda dieta. Pero ese jubileo de días cedió su lugar a horas de preparación, acondicionamiento físico y memorización. Y a retomar la dieta.

Esta vez el libreto se volvió su liturgia, su manual de instrucciones. Como esos que nunca había leído y que desechaba con la pretensión de poder armarlo todo sin consultar el instructivo.

—Por fin pude dormir, después de tres noches de insomnio seguidas. De excitación, de emoción. No estoy segura de si es por su muerte o por haber conseguido el papel principal. Ella era mi amiga, mi hermana, juntas pisamos las tablas. Las recorrimos descalzas y montadas en tacones —declaró a la prensa en alguna entrevista de banqueta.

Cuando subió al escenario del teatro para recibir el Óscar, la muerte de la Orendáin se le agolpó en un nudo en la garganta y no pudo pronunciar su discurso. Qué ingenuidad la de su público que creyó lo que rezaba el titular del periódico: "La más humilde estrella recibe el Óscar en silencio".

Con la edad, el momento más temido en las entregas de premios es el recuento de los obituarios. Las listas se alargan con los años y en esa edición el espacio para ella al lado de la Orendáin estaba aún vacante, porque la muerte es el único papel firmado.

32

The Manchurian Assistant,
o de cuando el confidente
vuelve a entrar a cuadro

Una vez más Maura Montes decidió hacerse invisible, pero antes se le vio en público en la entrega de los premios de la Academia y su cara lo dijo todo; el instante congelado en el video, el poder de la televisión, del *close-up*, hizo innecesario un juicio.

Pasaron muchos años, muchas películas que no quiso hacer y mucho menos ver. La culpa y el miedo hicieron presa de ella otra vez. ¿Por qué esa mujer que convirtió en necesidad lo que ya tenía habrá escogido una vida para ser querida? Entré a su cuarto y husmeé como una comadreja, con un genuino interés. Sabía de su exilio, del triunfo de los años sobre su edad. El tiempo había sido implacable.

En el umbral de la puerta, o el quicio, porque si algo hacía ella era sacarme de este, la pude ver en el espejo. Y vi en cámara lenta los focos, resistencias incandescentes, fuego al alto vacío que enmarca caras que pretenden ser lo que no son. Me había reencontrado con ella en ese reflejo suyo. Su belleza seguía siendo tan poderosa que estaba atrapada en el espejo de mi memoria.

Me acerqué al *boudoir*, y si hubiera hecho frío, lo que escribí en ese invento de plata bruñida habría podido leerse a simple vista: "Perdóname".

Una baja repentina en el aire acondicionado bastaría para sanar su mente. A su alma no le interesaba que la sanaran los salmos.

El viento agitaba violentamente las copas de los viejos abetos del fragante y frío jardín. Las agujas de sus ramas, en todos los tonos de verde, bailaban incesantemente acompañadas del estruendo de la tormenta que las azotaba. Ráfagas de viento y agua se estrellaban en los ventanales de los grandes salones de la casona que albergaba a la gran Maura Montes. La última en su género condenada también a desaparecer.

La Montes fue víctima de una disciplina casi militar que trastorna a las mujeres que la ejercen y que consiste en deformar sus cuerpos para obligarlos a algo para lo que no han sido diseñados: impedir el paso del tiempo.

La casona, una antigua edificación que en otro tiempo fuera hospital psiquiátrico, parecía tener vida propia. En ella se mezclaban la vanidad y el talento, el resentimiento y el rencor, la vida y la palabra. El jardín estaba rodeado de hermosas esculturas de mármol que representaban pasajes de algunas obras de teatro, instantes congelados por un gran escultor del siglo XIX. Al atravesar esa valla de cuerpos perfectos, gráciles gestos de piedra, se tenía la sensación de ser observado.

Todas las tardes religiosamente, bueno, todas menos la que hoy nos ocupa, la dama de compañía de *madame* Montes recorría rutinariamente el camino que iba desde los cuartos de servicio hasta el portón que separaba la realidad del mundo de fantasía que Maura Montes había construido.

Es tarde ya, y la casa luce desierta; no hay nadie en el primer piso. Con el coraje acumulado por los años de ausencia y de distancia, abrí el cortinaje del ventanal de la galería permitiendo la entrada de la luz de los faroles del jardín que ilumina los muebles con una luz ficticia que hace presentes a los animales disecados. La música cede su lugar al sonido de algunos aparatos de hospital: un respirador y el pulso metálico de un electrocardiograma.

Sus admiradores se anticiparon a rendirle homenaje, las vigilias se convirtieron en asunto de Estado, de salud pública, cuadras y cuadras de mementos, flores, ofrendas, peluches, cartas que bajo el manto de las jacarandas podridas y el granizo acumulado llevó a muchos a pensar que Dios no la acogería en su feudo. Los *fans* montaron guardia fuera de su casa. Se juntaron para rezarle y llorarla.

Los papeles se habían invertido. La encontré acostada en una cama de hospital, la habitación convertida en una sala de terapia media; las pendejadas de la vida nos habían separado, pero al verme, su cara reconoció su error.

—*There is no place like home* —musité (le decía frases en inglés, hasta inventaba que eran mías).

Me sonrió y me pidió con un gesto que me acercara.

—*Happy endings only happen in the movies* —me dijo al oído.

Como Marilyn Monroe, Maura odiaba los funerales. "Me alegro de no tener que ir al mío", bromeaba.

Me inspeccionó como diseccionaba a sus personajes. Sentí que me arrancaba la piel, esa por la que también habían pasado los años, que en un homosexual son más dolorosos que para los que se conforman con la cantaleta de que el hombre debe ser feo, fuerte y formal. Una mueca cariñosa y cómplice acusó mis propias cirugías. Me hizo cara de "Te lo dije".

—Tú también caíste en la trampa de un cirujano —me dijo, añadiendo que caemos porque sí duele envejecer—. Y prepárate para lo que sigue —concluyó.

En su lecho de muerte había convocado a la prensa, a los medios, a políticos y artistas, a todos menos a la extremaunción. Se quería ir de esta vida sin condón. No le tenía ningún temor a Dios, tal vez por leer tantos libros o por no tener pruebas de su existencia y haberse vuelto empírica como Bacon y porque Copérnico lo había quitado del centro del universo, o por leer a Descartes quien le enseñó a pensar y luego a existir. Por Alejandro Dumas padre porque Montecristo rima con Anticristo y porque no hay comedia divina sino solo la comedia humana de Balzac; por las noventa y cinco tesis de Lutero con las que tapizó sus camerinos; porque no hay indulgencia que pueda comprarse, y porque la única transubstanciación posible sucede en el escenario y se llama actuación. Porque la enajenación es otra forma de actuación y para Marx era alienante. Por repetir a Molière hasta la misantropía, por Jean Paul Sartre porque "el infierno es la mirada del otro", y por mayéutica, o sea chismosa y preguntona, y por tantos otros autores y todos los libros que algún día ingresaron a su *breakfast club*, ese bendito *Index Librorum Prohibitorum et Expurgatorum*, el índice de los libros prohibidos, máxima aberración de la Iglesia católica junto con la Inquisición.

Pero sobre todo porque para ella Dios era un juego de azar. Creer o no creer, ese es el volado. Le había enmendado la plana a Shakespeare.

33

Ensayo general.
"Muerte sin fin de
una obstinada vida"

" Polvo serán, mas polvo enamorado". Cuánta razón tenía Quevedo. Y armado hasta los dientes con Blackberry, iPhone, iPad, zapatos y traje negro, con familiaridad comandaba al mini ejército integrado por Aurelia, Luz, Elena, Florentino, el chofer de la señora, y la señora Mari, personal doméstico que hacía mutis con una facilidad inusitada en esta su presentación oficial. O sea, se escondían al menor descuido. Ellos no estuvieron en el inicio, así como él se había perdido el intermedio de la película que hoy concluía y que fue la vida de Maura Montes.

—Todos manos a la obra. Esta casa es un tiradero. Todos a darle, la casa tiene que quedar como en los buenos tiempos, como cuando yo me encargaba —giró sus instrucciones.

La Montes nunca se había interesado en las labores domésticas y dejaba en manos del servicio todas las decisiones.

—Esta casa está hecha una pocilga... por cierto, ¿hace cuánto que no limpian la plata?

—Varios años, señor —contestó Aurelia.

Una fuerza extraña la había llevado al despeñadero y desde que se dio por vencida nadie se encargaba de ejecutar las refinadas reglas del protocolo, y ahora, en esos momentos en los que padecía la soledad más absoluta, relevada de sí misma, él, Brayan, había vuelto para hacerse cargo de todo.

El servicio doméstico, domesticado por Brayan, continuó con la limpieza. Movieron todos los sillones y las mesas para dejar un espacio amplio al centro de la sala. Entre todos y con gran esfuerzo acomodaron a los animales disecados formando una valla al pie de la escalera.

—¡Me destapan todos los espejos que no somos judíos! —dirigiéndose a Luz—. ¡Qué desastre! Elena, a ver, el limpiador de plata, mira que tener estas joyas maquilladas de cochambre... A darle, mamacita. Reluciente... Me la dejas reluciente.

Maura odiaba los nardos, por lo que trajo a un florista que se encargó de poner en todos los jarrones unos arreglos de casablancas y lilis. Luz, con un vestido de poliéster, medias y zapatos Gucci, es revisada de pies a cabeza por el escáner en el que los años y un defecto de formación profesional habían convertido a Brayan.

—¿Y tu uniforme, cariño?

—Es sábado joven y...

—¡Para nada! —la interrumpió—. Vete a cambiar. ¿Qué no ves la situación en la que estamos? ¡Ay, estas niñas! Ven la tempestad y no se hincan. ¡Desagradecidas! Se les ha dado todo...

Sus experiencias con las celebridades más reconocidas del medio lo habían dotado de una maestría en todo lo relacionado con entrevistas, alfombras rojas, estrenos, exequias y pompas fúnebres de grandes personalidades, y el caso de Maura no era la excepción.

—Florentino, lleve esta maleta arriba y que suban el vestido de la señora a su recámara, y en cuanto llegue la peinadora que vaya a peinarla.

Brayan había recogido el vestido de la tintorería por la mañana, y una vez que maquillaran y peinaran a Maura subiría a vestirla. El homenaje era para ella y él pasaría inadvertido.

Puso sobre una mesa la foto de Maura con el Óscar. El personal del servicio continuó con la limpieza de la casa, los jardineros arreglaron la entrada y los macetones de la imponente rotonda.

Ya en la planta alta, impecablemente vestido, sentado al lado de la cama de Maura, Brayan tomó su mano cariñosamente, consultó el reloj de su muñeca y se cercioró de que el vestido estuviera colgado sin arrugarse.

34

La transubstanciación,
o de cómo chupó faros

Ahí, en su lecho, piadosos nos confesamos. Acerqué mi boca a su oído para revelarle el secreto.

Para ella la muerte era una indicación más, como las tantas veces que la fingió por instrucción de los directores con los que trabajó, líneas escritas en el único instructivo que siempre leyó. Una lágrima recorrió mi cara. Una lágrima se escurrió por dentro de Maura Montes.

La muerte para mí era un vestido, por lo que me armé de fuerza, me despedí de ella y desconecté el respirador convirtiéndola en leyenda.

Para Maura, quien nunca fue vieja más que para su espejo, esa noche no sería la excepción. Hoy yo sería su espejo. No permitiría que los buitres la vieran muerta, por lo que le retiré la máscara de oxígeno y tomé el *lipstick* rojo vino que al contacto con sus labios se volvió sangre. Le acomodé el pelo recién peinado, le pinté las cejas, ni hablar de enchinarle las pestañas, le cerré los ojos, la acaricié con su perfume *Joy*. Al único que permití acompañarla en el valle de la muerte fue a su mecenas, Onassis, de quien nunca estuvo enamorada pero con quien se reencontraría para que por instrucciones mías la siguiera cuidando como lo hizo desde el día en que se enamoró de ella.

Yo la acompañé hasta el umbral. Me despedí con un beso en la boca que dejó en mis labios su esencia y rastros del *lipstick* color vino, verdadera transubstanciación mediante la cual la gran Maura Montes y yo sellamos nuestro amor eterno.

Estuve con ella cuando los reflectores la iluminaron y cuando la luz se extinguía. Los dos momentos de absoluta soledad en la vida de un ser humano.

Una vez que acabé con mis tareas me levanté y me dirigí a su *boudoir*. Ahora soy yo frente al espejo: una ceja y después la otra, ya escasas, ralas… el paso del tiempo también ha sido implacable conmigo.

35

Tercera llamada, el homenaje
(la canción del cisne)

La Ciudad de México se transformó en un impresionante y merecido camposanto. La llama perpetua de la Columna de la Independencia ardía por ella. El mármol deslumbrante del Hemiciclo a Juárez era plañidera contenida. El Monumento a la Revolución, mausoleo de una ciudad en luto. Los caballos alados del Palacio de Bellas Artes eran portadores de su alma listos para elevar el vuelo. El sol se ocultaba tras el bronce de las estatuas del Paseo de la Reforma. El Altar a la Patria montaba una guardia de honor. El arbolado Paseo de la Reforma flanqueaba el cortejo fúnebre de la hija predilecta. El zaguán de su última morada y el mar de recuerdos como guardapolvo macabro. Entonces encendí la primera veladora a la que siguieron cientos de explosiones de fósforo. Las llamas bailaban solemnes acompañadas por las notas de la misa de réquiem. El sonido de la orquesta que ensaya es amortiguado por los gestos del director que pide un *pianissimo*.

En el *foyer*, un ataúd de madera oscura y remates de plata, el último vestuario de Maura Montes, flanqueado por sus invitados, el servicio y la valla de animales disecados.

Pero antes de que caiga el telón me imagino que querrán que les revele el secreto. Pues bien: impliqué a Dakota en el asesinato de la Orendáin para que las pesquisas nunca incriminaran a Maura, pero la justicia aprovechó la oportunidad para dar un golpe mediático y con ello demostrar su ficticia imparcialidad. Con las siete actrices a las que detuvieron levantaron una cortina de humo como castigo ejemplar. ¡Imagínense los encabezados!: "Siete divas tras las rejas", o "Siete personajes en busca de justicia", o "Las siete plagas del cine", pero ese telón no tardó mucho en correrse para que solo una de ellas pudiera dar función.

Ese Óscar con el que volvió Maura por su actuación se lo facilité yo en agradecimiento por los años de complicidad y para saldar nuestra deuda. Estábamos a mano. Ella me había intentado matar y yo la había abandonado. Los dos nos llevamos la estatuilla, ella por su magnífica actuación y yo por mi acto delictivo.

Por esa gran escalera de la galería, esa que bajó tantas veces y que se transformó en mil escaleras en cada escalón de los teatros, foros de cine y de televisión por los que ascendió como estrella, ahora quien baja soy yo, lenta y cadenciosamente, enfundado en su vestido y montado en sus tacones. Mudo, absorto y... regio, eterno, sin arrepentimiento y siguiendo tu divina enseñanza me atrevo a recitar la canción del cisne:

"Yo soy Maura Montes, yo soy la que soy, la que se ilumina, la que se mueve, a la que sigue el seguidor. Yo soy el fondo y la forma, la letra y la palabra, la musa y la que hace huir a la razón, soy la que se inventa y la que se construye, la inspiradora e inasible, la que nombran las marquesinas… Yo soy Maura Montes: candileja y luminaria, soy la preciosa ridícula, me hice en las tablas y soy de terciopelo rojo sangre, de mí cuelgan borlas y flecos dorados, alzo los brazos y la seda despliega su cauda como cometa suspendido en el firmamento, soy mil y una estrellas en la puerta de mi camerino, mil y un focos que se prenden en mi marquesina y se apagan en el espejo. Soy butaca, aplauso y reverencia. Soy la magia del teatro y el suplicio de los ensayos, soy la repetición y el trance, soy debut y despedida, soy el estreno.

"Yo soy la que soy. He jugado a ser todas y he podido ser miles, estoy cansada de caminar sobre las tablas del escenario y harta de las luces que me deslumbran. Yo soy Maura Montes y hoy me niego a que caiga el telón. Yo soy Maura Montes, la única estrella mexicana en el Paseo de la Fama de Hollywood, con la que desde hace años decoro el zaguán de la casa en Reforma que me regalaste, para que la reconozcas mi querido Charro Negro cuando me vengas a cantar serenata. Para que cuando quiera mi millonario amor que haga pedazos mi espejo sepa en dónde encontrarme. Ese al que juguetonamente le decíamos Onassis y que me rescató cuando me bebía las botellas de *Joy*. Para que aquí entre todas estas pieles que me regalaste y rodeada de todos estos animales que me disecaste volvamos eternos nuestros besos. Porque tú me malacostumbraste. O tal vez me bienacostumbraste y mi nana fue la que me malcrió.

"Yo soy Maura Montes, la que pastoreó al borreguito asustado que me dejó plantada como pirul frente al altar. Y conste que yo era la que no se quería casar. Conste que yo estaba felizota solterita allá en mi rancho grande. Porque aunque nunca lo amé, sí me caló. Soy la Montes, la misma que ahuyentó al gringuito que sacó sus pistolas y me dijo a solas...

"Yo soy Maura Montes la que se hizo vieja pariendo libretos. La que se anudó los botines mil veces antes de entrar a escena y mil veces se arrancó la peluca infestada de horquillas que como parlamentos se me clavaban en el cráneo y como zancudos me aturdían las ideas. Maura Montes, la estrella que al bajar del cielo se puso en una puerta y luego en el bulevar, y la que, paradójicamente, entre más brillaba como máximo honor más la pisoteaban. Yo soy Maura Montes la que cambió su nombre mil veces y se puso una piel más nueva aún, la que se cansó del disfraz hasta disfrazarse de ella misma.

"Soy el más cansado, agotador y exhaustivo trabajo que jamás hicieron las manos de directores y la sabiduría de mis maestros, y me deschongué con mis colegas como una piraña en Cuaresma. Fui amiga de la Orendáin hasta que el libreto llegó a su fin. Me hubiera querido ir en los hombros de Mario Moreno, Jorge Negrete, Julián Soler y Manolo Fábregas, como se fue su tata Virginia. Me endiosé con el talento de Billy Wilder, de Cukor, de Victor Flemming, de Curtiz y Gavaldón. Me persiguieron los pájaros de Hitchcock y me fotografiaron todos, desde Figueroa hasta Storaro. Conocí la locura de un perro andaluz como Buñuel y yo fui la columna sobre la que se posó Simón; la batalla de todos ellos en el desierto. Seguí los pasos de Jorge y fui heredera del Art Novo, de Salvador. A Yolanda le pedí prestado de las caderas el nombre, a Amparo Rivelles la voz, a la Guilmáin el temperamento y a Lola Olmedo a Diego Rivera aunque fuera solo para pintarme. A la Hayworth le robé el pelo y a la Félix nada porque nunca le creí nada a la caballona. A Dolores del Río le bajé el marido. A la Garbo mi androginia y a Norma Desmond el estar lista para mi *close-up*. A Katy Jurado le pedí sus ojos y a Bette Davis le agarré el maldito vicio por el cigarro que hasta hace algunos años pude dejar bajo amenaza de mi cardiólogo de que estaba en riesgo mi pierna izquierda, ¡ni que quisiera acabar como Frida! Yo fui María Linares hasta que mi alma gemela, en un arranque de genialidad, me rebautizó.

"Yo soy la que llega a tiempo y la última en irse. Conocí los teatros a reventar y vacíos como nadie. Después de un aplauso interminable solo mis pasos y yo nos reconocíamos algunas noches en las que el éxito se vivía en la más profunda soledad. El teatro lleno y mi cama vacía. El escenario caliente y mi cuarto frío. Todos creen que la cima está habitada, al menos eso nos han dicho. La cima está sola, si acaso amueblada. Cuando bien te va acabas rodeada de recuerdos que se cuelgan como pellejos o como medallas. Cuando no, terminas en la Casa del Actor y tu silla de ruedas en una camioneta de fierros viejos acompañada por la voz atiplada de un desafinado megáfono que grita: "¡Colchones, lavadoras, refrigeradores…!", en un *loop* insistente que te recuerda que has regresado, después de años de vivir fuera de la realidad, al Tercer Mundo. O tu cuerpo acaba en una urna hecho cenizas inhaladas por algún profanador de tumbas que en una travesura y hasta el güevo te confunde con un pase.

"Yo soy Maura Montes, la luminaria apagada que sin embargo resplandece, la energía negra que como supernova llega a la velocidad de la luz. Soy la puerta estrecha y las piernas abiertas. Soy un millón de estrellas de la Vía Láctea, las cincuenta de la bandera manchada de estrellas, las cinco estrellas del Four Seasons, las cuatro de Andy Warhol, las tres Michelin y la estrella solitaria del *sheriff*. Comí *spaghetti westerns* y fui a la luna con Méliès. Soy el conjuro del teatro, el instante por el que vivimos los que nos enfrentamos a la lente de las cámaras como quien se enfrenta al psicoanalista. He atravesado kilómetros de alfombras rojas sobre tacones con los que alcancé el Sol, y con mi luz he apagado los antiaéreos de mis rivales. Mis seguidores me han colmado de seguidores. Mi voz ha retumbado por la necesidad de acabar con el silencio. He traicionado la palabra de tantos y honrado siempre la propia. Yo soy la regia Maura Montes, la Faraona, la Orfeona, la Olímpica, la ditirámbica, la Tartufa, la endiosada, la exiliada, la histriónica, la grandilocuente, la diva, la mamona. Yo soy Maura Montes, la única… y harta de callar me vengo a confesar: soy el arma y la bala. Él jaló el gatillo pero yo cambié la pistola; yo soy Maura Montes la asesina. Yo soy Maura Montes y me niego a desaparecer de los créditos de mi propia vida".

FIN

Isn't it rich?
Are we a pair?
Me here at last on the ground
You in mid-air
Where are the clowns?
Send in the clowns.
Stephen Sondheim

Índice

(*Index capitulorum prohibitorum*)